学生国学丛书新编

主编 王 宁
顾问 顾德希

元曲

童 斐 选注
王 敏 校订

The Commercial Press

学生国学丛书新编

主　　编：王　宁
顾　　问：顾德希
特约编辑：许庆江
审 稿 组：党怀兴　董婧宸　凌丽君
　　　　　赵学清　周淑萍　周玉秀

总序之一

——在阅读中走近中华优秀传统文化

王　宁

王云五、朱经农主编的《学生国学丛书》,是一套为中学生和社会普及层面阅读古代典籍所做的文言文选本。它隶属在王云五做总主编的《万有文库》之下,1926年开始陆续由商务印书馆出版。20世纪20年代开始策划时,计划出60种,后来逐渐增补,到1948年据说已经出版了90种;因为没有总目,我们现在搜集到的仅有71种。由于今天弘扬中华优秀传统文化和提高文言文阅读能力的社会需要,我们决定对这套丛书进行适应于现代的加工编辑,将它介绍给今天的读者。

在推介这套丛书的时候,我们保存了原编的主要面貌:选书与选篇基本不变,将原书绪言保留下来,每篇选文原注所选的注点,也作为这次新编的重要参考。这样做是为了尽量借鉴前贤的一些构思和做法，并保留当时文言文阅读水平的基本面貌，作为今天的参考。

《学生国学丛书》是本着商务印书馆"昌明教育，开启民智"的一贯宗旨编选的，阅读群体应当主要是当时的中学生。20年代的中学生阅读文言文的水平显然比今天高一些，因为那时阅读文言文的社会环境与现在不同，虽然白话文已经通行，但书信、公文、教科书和报刊中，都还保留了不少文言文。国文课的师资，很多也是在国学上有一些根柢的文士。在知识界和语文教育界，文言文阅读还不是什么难事。今天，文言文阅读水平既关系到继承和弘扬中华优秀传统文化的效能，又关系到现代社会总体人文素质的提高，应当达到什么程度最为合适？民国时期是可以作为一个基准线的。

《学生国学丛书》体现了20世纪之初一些爱国的出版家和教育家把中华优秀传统文化传承给下一代的情怀、理想和实干精神。他们策划这套丛书的宗旨和编则，可资借鉴的地方很多，他们的实践经验、教育精神和国学学养值得我们学习的地方也很多。这一点，是我们了解了丛书的主编和40多位编选者的情况后感受到的。

丛书的主编王云五、朱经农，都是我国20世纪初爱国、革新的出版家。王云五主编《万有文库》，开创了我国图书出版平民化的新纪元，体现了新文化运动中普及文化教育的先进思想。《学生国学丛书》是《万有文库》里专门为中学生编选的,目的是将弘扬民族文化精华的理念带入初等教育,这在当时不能不说是有远见的。两位主编不论在反对封建帝制的革命中,还是在民族危难的救国图强斗争中,都有可圈可点的事迹,值得钦佩。与两位主编合作的40多位编写者,多是辛亥革命的参与者和新文化运动的前沿人物。他们熟悉古代文典,对中国文化理解通透,领悟深刻,又有强烈的反封建意识;其中很多都在中小学教育领域里有过丰富的实践经验,教过国文,编过教材,研究过教法。这里有我们十分熟悉的教育家和文学家,如我国现代教育特别是语文教育的领军人物叶绍钧(他后来的名字是叶圣陶),新文化运动的先驱者、中国革命文艺的奠基人之一、著名作家茅盾(他当时的名字是沈德鸿,后来为大家熟悉的姓名是沈雁冰)。这两位,多篇作品都被收入中学语文课本,20世纪50年代以后的老师、同学是无人不知的。其他如著作丰厚、名震一时的藏书家胡怀琛,国学根柢深厚、考据功底极深、《中国人名大辞典》《中国古今地名大辞典》的主要编写人臧励龢,我国语文教育的改革家庄适等。

20世纪初的中国社会,多种文化思潮纷纭杂沓:改良主义者提出"师夷制夷""严祛新旧之名,浑融中外之迹"的折中主张;历史虚无主义者在"全盘西化"的徽帜下将西方的一切甚至文化垃圾照单全收；殖民主义文化论者叫嚣中国道德一律低级粗浅，鼓吹欧洲人生活方式总体文明高超；另一方面，封建复辟野心家的代言人则一味复古，用古代的文化糟粕来抵抗新文化的建构。这些，都对比出爱国的出版家、学问家、教育家既要固本又要创新的理想和实践精神的可贵；也让我们认识了新文化运动及革命文学的前沿人物坚守教育阵地的不懈努力，懂得了他们的编纂意图和深厚学养。保留丛书主要面貌，就是对他们成果的尊重和信任。

随着中华优秀传统文化的广泛传播，随着中小学语文教学改革的深入发展，在读书成为教师、家长和渴求文化的大众普遍要求之时，文言文阅读将会是其中一个重要的内容。有人说，文言只是一种古代的书面语，口语交际和现代文本已经不再使用，我们为什么还要学习文言文呢？在推介这套丛书的时候，我们有必要来回答这个问题。

文言是古代知识分子和正统教育使用的书面语言，具有超越时代、超越方言的特性，因而也同时具有了记载数千年中华民族灿烂文化的主要功能，它是与中华民族文明史共存的。许慎《说文解字叙》说汉字的作用是"前人所以垂后，后人所以识古"，这两句话即是对汉字记录的文言说的。我国历史悠久，文化遗产丰富，用文言记录的历史文献，用文言撰写的文学作品，多到不可

总序之一

计数，只有学习它，才能从古知今，以史为鉴。文言所记录的，不仅是古代社会的典章制度和政治经济，还有先贤哲人的人生经验和思想哲理，让我们看到中华民族一代又一代人的智慧。想想看，如果我们及早领会了古人"斧斤以时入山林"的采伐规则，便不会过度开发建材，造成那么多秃山荒岭，把气候搞得这样糟糕。我们读过也理解了"今之孝者是谓能养。至于犬马，皆能有养。不敬，何以别乎"这段话，就会在对待长者时，把他们的尊严看得和他们的生计同等甚至更加重要！"防民之口甚于防川""水能载舟亦能覆舟"，这是对阻塞言路者多么深刻的警醒。在道德重建的今天，中国传统道德中"己所不欲勿施于人"的利他主义，"爱民""富民""民为重"的民本思想，"以不贪为宝"的清廉品德，"志士不忘在沟壑，勇士不忘丧其元"的大义凛然态度，"吾日三省吾身"的自律精神，"君子怀刑"的守法意识，……这些，即使在今天的一般阅读中，也已经深入人心。可以想见，进入深度阅读后，我们一定会受到更多的启迪，在阅读中产生更多的惊喜。著名的国学大师、革命家和思想家章太炎，1905年7月15日在东京留学生欢迎会上演讲时说："近来有一种欧化主义的人，总说中国人比西洋人所差甚远，所以自甘暴弃，说中国必定灭亡，黄种必定剿绝。因为他不晓得中国的长处，见得别无可爱，就把爱国爱种的心,一日衰薄一日。若他晓得,我想就是全无心肝的人,那爱国爱种的心,必定风发泉涌,不可遏抑的。"阅读文言文,就是要使我们具有这种文化自信。是的,遗产是有精华也有糟粕的,古代的未必都适合今天;我们只有真正读懂文典,将历史面貌还原,再有了正确的价值观,才能辨析断识,而不是道听途说,更不会受人蛊惑。在这个意义上,文言文阅读作为吸收中华优秀传统文化的必要途径,绝不是可有可无的。

文言文阅读是产生汉语正确语感的一个重要源泉。汉语不是一潭死水,从古到今,不知吸收了多少其他民族的词汇和句法,也曾经夹杂着很多不雅甚至不洁的成分;但是,文言经过数千年的洗涤、锤炼,已经渐渐将切合者融入,不切合者抛弃。经过大浪淘沙、优胜劣汰而能流传至今的美文巨制,会更加显现汉语的特点。而现代汉语刚刚一个世纪,在根柢不深、修养不佳的人们的口语里、文辞中,常常会受外语特别是英语的影响,受不健康的市井俚语的侵染,产出一种杂糅的语言。我们想在运用现代汉语时真正体现出汉语的特点,比如词汇丰富、句短意深、注重韵律、构造灵活等,提高用健康、优美的汉语表达正确、深刻的思想的能力,文言会带给我们一些天然的汉语语感。热爱自己的本国语言,不断提高运用汉字汉语的能力,这是每一个人文化素养中最重要的表现；克服语言西化、杂糅的最好办法，是在学习规范、优美的现代汉语的同时，对文言也有深入的感受和体验。

文言文阅读还是从根本上理解现代汉语的重要条件。人们都认为现代汉语与文言差别很大，初读时甚至感到疏离隔膜、难以逾越。其实，汉语是一种词根语，词汇和语义的传衍非常直接，文言中百分之七十的词汇、词义，在现代汉语的构词法里都能找到。在书面语里，文言单音词的构词能量有时会比口语词更强。经过辗转引用积淀了深厚文化底蕴的典故、成语，成为使用汉语可以撷取的丰富宝库。如果我们对文言一无所知，是很难深入理解现代汉语的。有些人认为，在语文教学中现代文阅读和文言文阅读是两条线，其实，在词汇积累层面上，应该把它们并成一条线。学习文言与学习现代汉语，在积累词汇、理解意义、体验文化、形成语感方面是相辅相成的。

在推介《学生国学丛书》的时候，我们也有另外一重考虑。这套丛书毕竟经过了将近一个世纪，时代和社会都发生了根本的变化，我们有了更加明确的核心价值观和适应于现代的审美意识，语言、文字、文学、文献、教育都有了更新的研究成果，对丛书进行适度的改编，也是绝对必要的。所以，这次新编，我们主要做了五项工作：第一，为了今天在校学生和普通读者阅读的方便，改竖排为横排，标点符号也随之改为现代横排的规范样式。第二，变繁体字为简化字，在繁简转换的过程中，对在文言文语境中有可能产生意义混淆的用字，做了合理的处理。第三，采用今天所见较好的古籍版本对原书的选文进行了审校，订正了文句的错、讹、脱、衍。第四，对原书的注释进行了修改、加工、调整，使注释更加准确、易懂，对地名和名物词的解释，也补充了最新的资料。第五，撰写了新编导言，放在原书绪言的前面。原编者和新编者对同一部书和同一篇文的看法，或所见略同，或相辅相成，或角度各异，或存在分歧，都能促进阅读者的思考和讨论，引发延展性学习，带动更多篇目和整本书的阅读。

《学生国学丛书》本来是一套开放的丛书，我们还会根据教学和读者的需要，补充一些当时没有被选入的优秀古代典籍的选本，使新编的丛书不断丰富。

我国每年有将近两亿的青少年步入基础教育，一个孩子有不止一位家长，这是一个多么庞大的读书群体。将一个世纪以前的《学生国学丛书》通过新编激活，让它走进一个新的时代，更好地发挥它在语文教育和弘扬我国优秀传统文化中的作用，这是我们之所愿，也希望能使编写这套书的前辈们夙愿得偿。

总序之二
——植入健康的文化基因

顾德希

优秀的传统文化是中国人的精神家园。学生多读些国学典籍,将有助于把优秀传统文化的基因植入肌体。王宁老师的"总序",对本丛书的这一编辑意图已有深入全面的阐释,我打算就如何阅读这套丛书,或者说如何阅读文言文,做些补充性说明。

这套丛书的每一本,都专门写了新编导言。这是今日读者和原书连接的桥梁。人们常把桥梁喻为过河的"方法",所以也可以说,新编导言之所谓"导",就是力图为各类学生和更多读者提供一些阅读的方法。

这套丛书有好几十本,都是极有价值又有相当难度的国学经典,如不讲究阅读方法,编辑意图的实现会大打折扣。但这些经典差异性很大,《楚辞》和《庄子》的阅读肯定很不同,《国语》和《周姜词》的阅读方法差别就更大,即使同是词,读《苏辛词》与《周姜词》也不宜用完全相同的方法。因此本丛书新编导言所提供的阅读方法,针对性很强,因书而异。但异中有同,某些共性的方法甚至更为重要。不过,这些共性的方法渗透在每一篇导言中,未必能引起足够重视。下面,我想谈谈文言文阅读的四个具有共性的方法。

一、了解作者和相关背景,了解每本书的概貌,对每本书的阅读都很重要,这毋庸置疑。但一般读者了解这类相关知识,目的仅在于走近这本书。因而涉及作者、背景、概貌等,导言中一般不罗列专业性强的知识,而诉诸比较精要的常识性叙述。比如对《吕氏春秋》作者吕不韦,并没有全面介绍,也没有像过去那样从伦理道德上对这个历史人物加以贬抑,而只侧重叙述了他作为政治家的特点,因为明乎此便很有助于了解《吕氏春秋》。又如《世说新语》的成书背景有其特殊性,也需要了解,但限于篇幅,叙述的浓缩度很大。凡此种种必要的常识,新编导言里一般是点到为止,只要细心些,便不难从中获得多少不等的启发。兴趣浓厚者,查找相关知识也很容易。

二、借助注解疏通文本大意之后,就要反复诵读。某些陌生的词句,更要反复诵读。一句话即使反复诵读二十遍也用不了两三分钟，但这两三分钟却非常重要。

"诵读"是出声音的读，但并不是朗诵。大家所熟悉的现代文朗诵，不完全适用于文言诗文。朗诵往往是读给别人听，诵读却是读给自己听。古人所谓"吟咏"，是适合于当时人自己感悟的一种诵读。今天的诵读，用普通话即可，节奏、抑扬、强弱、缓急，都无客观规定性，可随自己的感受适当处理。如果阅读文言文而忽略了诵读，效果至少打一个对折。不念出声音的默读，是只借助视觉器官去感知；出声音的诵读，是把视觉、听觉都动员起来的感知，其所"感"之强弱不言而喻。而且一旦读出声音，就让声带、口腔等诸多器官的运动参与进来了，凡诉诸运动器官的记忆，最容易长久。会骑车的人，多年不骑，一登上车还是会骑。因为骑车的感觉是一种运动记忆。文言语感的牢固形成与此类似。古人所谓"心到、眼到、口到"之说，实在是高效形成文言语感的极好方法。不管是成篇诵读，片段诵读，还是陌生词句的反复诵读，都是提升文言文阅读能力的好办法。本丛书的每一篇新编导言并未反复强调"诵读"，但各种阅读建议无不与某些片段的反复读相关。既读，就要"诵"，这是文言文阅读的根本方法。

三、应用。这是与文言翻译相对而言的。把文言文阅读的重点放在"翻译"上，副作用很多。一是不可避免信息的丢失。概念意义、情味意蕴，都会丢失。课堂教学中让学生把一篇文言文从头到尾"对号入座"地搞翻译，是文言教学中的无奈之举。一句一句，斤斤计较于文言句法词法和现代汉语的异同，结果学生的诵读时间没有了，刻意去记的往往是别别扭扭的"译文"，而精彩的原文反倒印象模糊，这不是买椟还珠吗！所以，在疏通大意、反复诵读的同时，一定要重视"应用"。应用，就是把某些文言词句直接"拿来"，用在自己的话语当中。比如，在复述大意时，在谈阅读感受理解时，不妨直接援引几句原话。如果能把原文中的某些语句就像说自己的话一样，自然而然地穿插到自己的述说中，那就是极好的应用。本丛书新编导言中援引原作并有所点评、有所串释、有所生发之处很多，但绝不搞对号入座的翻译，这不妨看作文言文阅读方法的一种示范。新编导言中有很多建议，要求结合作品谈个什么问题，探究个什么问题，都不同程度地含有这种"应用"的要求。

四、坚持自学。这套丛书，为学生自学文言文敞开了大门。学生文言文阅读的状况永远会参差不齐。同一个班的高中生，有的已把《资治通鉴》读过一遍，有的能写出相当顺畅的文言文，但也有的却把"过秦论"读成"过奏论"，这是常态。只靠面对几十个人的文言课堂讲授，几乎不可能使之迅速均衡起来。只有积极倡导自主性学习，才可能有效提高教学质量。本丛书的新编导言，高度重视对文言自学的引导。每篇新编导言都就怎样去读提出许多建议。这些建议有难有易，不是要求每一个人全都照着去做。能飞的飞，能跑的跑，快走不了的慢走也很好。新编导言在"导"的问题上，从不同层次上提出不同建议，相信各类学生都能找到适合自己的要求。只要选择适合自己或者自己感兴趣的要求，坚持不懈去"读"，去"用"，文言文的自学一定会出现令人惊喜的成果。从这个意义上说，本丛书的每一本，都是适合于各类读者自学国学经典的好读本。每一本中经过精心处理的注解，是自学的好帮手；而每一篇新编导言，又都可对自学起到切实的引导作用。只要方法对，策略恰当，那么这套丛书肯定能帮助我们有效提高文言文阅读水平。

目前，在深化高中语文课改的大背景下，很多学校高度重视突破过去那种一篇篇细讲课文的单一教学模式，开始重视"任务群"的学习，重视整本书的阅读，重视选修课的开设，重视校本课程的建设。在这样的大背景下，如果学校打算从本丛书中选用几本当作加强国学教育的校本教材，那么"新编导言"对使用这本书的教师来说，也可起到某种"桥梁"作用。

不管用一本什么书来组织学生学习，都必须对学生怎样读这本书有恰当引导。这是提高教学质量的一定不移之理。恰当的引导，要有助于各类学生更好地进入这本书的阅读，要有助于各类学生更好地开展自主性学习，要使之在文本阅读中进行有益的探究，并获得成功的喜悦。为了使新编导言的"导"能起到这样的作用，本丛书专门组织了多位一线优秀教师先期进入阅读，并把成功教学经验融入新编导言。因此，我们有理由相信，新编导言可以成为组织学生学习活动的有益借鉴。导言中结合具体作品对阅读所做的那些启发、引导，针对不同水平读者分层提出的那些建议，都将有助于教师结合自己学生的实际情况进一步拟出付诸实施的具体导学方案。

我相信，只要阅读文言文的方法恰当，只要各类读者从实际情况出发，循序渐进地学，优秀传统文化的基因就一定能更好地植入肌体。

目 录

新编导言 ·· 1
原书绪言 ·· 11

汉宫秋杂剧提要 ······································· 35
破幽梦孤雁汉宫秋杂剧 ···························· 39

李逵负荆杂剧提要 ··································· 67
梁山泊李逵负荆杂剧 ································ 69

老生儿杂剧提要 ······································ 98
散家财天赐老生儿杂剧 ·························· 102

东堂老杂剧提要 ···································· 141
东堂老劝破家子弟杂剧 ·························· 143

新编导言

"元曲"是我国古典文学史上的高峰之一,与汉赋、唐诗、宋词、明清小说并称。严格来说,元曲有元杂剧和散曲之分。本书名为《元曲》,所选内容都是完整的曲本,这里的"元曲"理解为"元杂剧"更为准确。

一 元杂剧的形成与特点

元杂剧是综合性的艺术形式,融合了音乐、舞蹈、文学、美术等多种元素。我国传统戏曲源自上古的祭神歌舞,从周秦俳优、汉百戏、唐参军戏,到宋杂剧与金院本,经过漫长的发展过程,内容主题、音乐形式、文学风格、表演程式等逐渐丰富完善,至元代初年,融合成了更为成熟的戏剧形式,就是元杂剧。由于主要的影响区域在以大都(今北京)为中心的北方地区,所以也称"北杂剧"。

与宋金杂剧等相比,元杂剧的成熟表现在多个方面。角色分类更细，不同门类的角色扮演不同的人物，能够塑造个性鲜明的人物形象；音乐形式采用北曲的曲牌联套体，音律和谐，结构方式较灵活，不受长度限制，角色可以更充分地传情达意；具有比较固定的舞台形制和乐队现场伴奏的形式。元杂剧的文本主题继承了唐宋以来的话本、词曲、讲唱文学的传统主题，主要是历史故事、才子佳人、家庭伦理等。

戏曲这种艺术形式，之所以在元代得以迅速成熟，与当时的社会经济、文化条件有密切的关系。商业经济的发展带动了市民文化的兴盛，元朝贵族和上层社会喜爱戏曲，自上而下，社会氛围有利于戏曲创作和演出。另外还有非常重要的一个条件，那就是职业或准职业剧作家队伍的形成。

创作者队伍的形成和稳定，对元杂剧和散曲的迅速成熟并达到很高的文学水平起到了重要作用。元代等级制度森严，歧视汉人，不重视知识分子，元初还停止了科举考试。仕途无望，一些文人为生活所迫或为了有所寄托，转而致力于杂剧创作，形成了"书会"这种比较稳定的创作群体，剧作家被称为"书会才人"。这一群体文化素养高，他们的作品提高了杂剧的文学性，内容更丰富，情节更复杂，故事更完整，语言更传神，人物更富有个性。他们常常与杂剧演员来往密切，促使杂剧的音乐形式和场上搬演的程式等方面也迅速臻于完善，提高了杂剧作为综合性的艺术形式的表达水平，形成了我国戏曲发展史和戏剧文学发展史上的高峰。

明代中叶以后，元杂剧的音乐形式逐渐式微，主要以文本的形式流传下来。我们今天欣赏元杂剧，也主要是从文学角度来欣赏的。

二　元杂剧的选本及本书选文

元杂剧的语言贴近口语，对今天的读者来说，障碍不是很大，但有些口语色彩过于浓厚的词语或引文、典故还是需要解释。现代的选注本可以帮助读者准确地理解文句，介绍的一些背景知识，也有助于更好地理解剧情和人物。

元杂剧的传世文本中，明代辑刻的《元曲选》是非常有影响的选本。编选者臧懋循（字晋叔），以家藏曲本参校据说是出自御戏监的本子，选择佳作，合辑刊刻。今人的选本中，《元人杂剧选》（顾学颉选注，人民文学出版社1956年第1版，2016年增订本）、《元曲选校注》（王学奇主编，河北教育出版社1994年版）、《元曲鉴赏辞典》（蒋星煜，上海辞书出版社2012年版）等，可供拓展阅读。本书所选四部剧本，即以臧本《元曲选》为底本。本次校订时，选择哈佛大学藏万历年间刊刻的《元曲选》为底本，个别文字确有不妥的，参考《元人杂剧选》《全元戏曲》，从脉望馆本等明刻本订正。另外，如果想更多地了解元杂剧作家的生平和著作情况，最主要的文献是元代钟嗣成所著《录鬼簿》。

本书所选四部剧本，情节完整，特色鲜明，很好地体现了元杂剧的主题特征和语言特点。《汉宫秋》演绎昭君故事，是历史题材佳作；《东堂老》劝诫败家不肖子，《老生儿》教化愚妇，终得团圆，有益世道人心；《李逵负荆》戏文热闹，剧情跌宕，语言本色当行，人物形象活灵活现，读来足堪捧腹。

马致远，大都人。他的元曲创作成就很高，在当时和后世均有盛名，被誉为元曲六大家之首，"杂剧一流，散曲第一"。明代朱权《太和正音谱》称赞"马东篱之词，如朝阳鸣凤。……宜列群英之上。"杂剧之外，马致远创作的散曲也非常丰富，水平很高。他的《天净沙·秋思》："枯藤老树昏鸦，小桥流水人家，古道西风瘦马。夕阳西下，断肠人在天涯。"被赞为万中无一。

马致远创作的杂剧，存目十五种，今存七种。其中《汉宫秋》是元杂剧中首屈一指的作品。马致远的杂剧，以诗入曲，情致悠远。《汉宫秋》第四折完全是汉元帝这个角色思念昭君的内心独白和抒情，雁叫声声，愁肠百转，余韵袅袅，令人神伤。思念远人是我国古典诗歌的传统主题，马致远诗意的语言风格使得《汉宫秋》的色调迥异于大多数杂剧曲本，更贴近文人的审美趣味。

康进之，山东棣州（今山东惠民）人，生平不详，大约是由金入元的作家。他有《梁山泊李逵负荆》和《黑旋风老收心》两种杂剧，后者不传。《水浒》戏是元杂剧的重要创作主题，本剧是其中最优秀的作品，剧情跌宕，引人入胜，人物形象生动鲜明，语言风格活泼热辣，富有生活气息。

武汉臣，山东济南人，生平不详。所作杂剧今存《散家财天赐老生儿》《李素兰风月玉壶春》《包待制智赚生金阁》三种。《老生儿》本事见元代陶宗仪《南村辍耕录》"算命得子"故事。剧情是家庭伦理主题，从中可以看到对血缘关系的看重，一定程度上也批评了重男轻女的思想。

秦简夫，活动时间在元末。所作杂剧今存《东堂老劝破家子弟》《宜秋山赵礼让肥》《晋陶母剪发待宾》。《东堂老》写浪子回头的故事，很有现实教育意义。剧中李实这个人物，读书人出身，又善于经营，秉性忠厚，稳健细致，颇有儒商之风，寄托了作者赞美的理想人格。

三　元杂剧的基本构成

一部杂剧的剧本，通常分为四折一楔子。楔子就是序幕，介绍故事背景、主要人物等。也有的剧本在折与折之间插入楔子，交代人物，串联剧情。每折演一段故事情节，起承转合，用四折构成完整的故事。但是也有特例，比如《西厢记》，因为剧情复杂，增加到五本二十一折。

杂剧的文本主要包括唱词（曲文）、宾白和科介三部分，最后以"题目""正名"收尾。

唱词是文本的核心部分。唱词的音乐形式是曲牌联套体。一折曲文通常用一个套曲，所用的多支曲牌属于同一宫调，由一个角色演唱。每折的第一支曲牌名前标明本折曲牌所属宫调。至于选择哪些曲牌组合在一起，通常有比较惯用的搭配。例如《汉宫秋》的第一折，第一支曲子是〔仙吕点绛唇〕，明确了本折中的其他曲牌〔混江龙〕〔油葫芦〕〔天下乐〕〔醉中天〕〔金盏儿〕〔醉扶归〕〔赚煞〕也是仙吕宫。楔子有时也用唱词，但只是一两支曲牌，不会使用套曲，例如《汉宫秋》的楔子用了一支〔仙吕赏花时〕。

宫调是我国古代音乐的重要概念，一般认为可以从调高和调式两个方面理解。"依高低音域之不同，把许多适于在同一调中歌唱的曲调，作为一类，放在一起；其作用只在便于利用现成旧曲改创新曲者，可以从同一类中，拣取若干曲，把它们联接起来，在用同一个调歌唱之时，不致在各曲音域的高低之间，产生矛盾而已。"[①]元杂剧常用的宫调有9个：仙吕宫、中吕宫、南吕宫、黄钟宫、正宫、双调、商调、越调、大石调。

通常认为宫调的音乐色彩有所不同。就目前所存元杂剧剧本来看，选用宫调与剧情、人物的情感等并没有明确的对应关系。一个剧本四折，比较常见的是每折用一种宫调：第一折用仙吕宫，第二折用南吕宫，第三折用中吕宫，第四折用双调。但一些元代前期作品并不采用这种固定模式。童斐先生在

---

① 杨荫浏:《中国古代音乐史稿》，583页，人民音乐出版社，2004年。

"原书绪言"中对比了杂剧与南曲以及由南曲发展形成的昆曲的音乐特点,简要介绍了我国传统音乐的调式、四声平仄与音乐的配合等知识,值得认真阅读学习。

与宋词的词牌一样,曲牌的音乐形式是固定的,字数、韵律比较受限制。为了场上演出的需要,元杂剧的唱词往往增加很多衬字,也就是并非曲牌固定要求的字。拿掉衬字的唱词仍然可以完整表达语义,增加衬字的唱词则更具有口语风格。童斐先生参考《九宫大成曲谱》各曲牌所列曲文的形式,区分唱与白,唱词用大字,宾白用小字;还区分了正字与衬字,正字用大字,衬字用小字。建议在阅读时可以尝试朗读,一是体会唱与白的区别,二是体会唱词中正字与衬字的区别,正字部分的韵律通常是比较严谨的。有时一支曲词中也会增加几句唱词,仍然重复使用原曲牌的音乐。

宾白的作用是串联曲词,推动情节发展。根据需要,宾白会出现在剧本的很多地方,例如人物上下场,念两句或四句韵白,或是人物之间的对话,叙述事情经过,或者是人物的内心独白等。

元杂剧的角色分工很细,男女角色各有细分。男性角色称末,根据身份主次,分为正末、副末、冲末、小末、外末;女性角色称旦,分为正旦、外旦、贴旦、搽旦。此外还有净、杂,也根据角色的身份、年龄、职业做细分。元杂剧通过各种角色的化装、服饰体现人物身份、个性等,已经表现出我们今天熟悉的传统戏曲的特点。通常是一个主要角色主唱，其他角色以宾白等方式参与到演出中。主要角色为男性，则为正末，所用剧本称为末本；主要人物为女性，则为正旦，所用剧本称为旦本。

宾白可以由演员在舞台上灵活发挥，插科打诨，增强演出效果。其中"科诨"是制造喜剧效果的重要表现方式，经常由净、丑承担，用动作（科）和语言（诨）引观众发笑。

科介是舞台演出需要的动作指导，例如"做谢恩科"等，与文词部分一起，构成完整的戏曲剧本。

四　元杂剧的语言风格

关于元曲的语言风格，童斐先生的"原书绪言"已有扼要的介绍。他引用王国维之说，认为元曲的文学之美在于"自然"二字。

欣赏元曲的语言风格有两个主要的角度。一是符合场上表演需要的语言风格，是否符合人物形象、鲜活生动，是否能调动观众情绪。二是抒发角色情感的语言风格，是否足以感染读者，引起共鸣。

《李逵负荆》非常鲜明地体现了元杂剧的舞台表演风格。假冒的"宋江""鲁智深"强抢民女，李逵误以为真，又伤心又愤怒，砍倒了梁山义旗。宋江问明原由后，和李逵打赌，申明这是个误会。但李逵认为自己"又不是不精细，又不是不伶俐",不可能搞错。他向兄弟们宣称,一旦证实,他就亲手处决宋江:"待我亲手伏侍哥哥这一遭。"

> 〔宋江云〕你怎生伏侍我?〔正末云〕我伏侍你!我伏侍你!一只手揪住衣领,一只手揸住腰带,滴溜扑!摔个一字,阔脚板踏住胸脯,举起我那板斧来,觑着脖子上,可叉!〔唱〕便跳出你那七代先灵,也将我来劝不得。

语言鲜活生动,特别符合李逵这个人物的形象。之后李逵发现自己搞错了,向宋江负荆请罪,还打感情牌求饶。随着情节起伏转折,充分刻画了李逵正直又莽撞、重情重义又天真无赖等性格特点。

《汉宫秋》的风格趋于雅化,细腻婉转,运用诗化的语言,注重传达个体情感。如第三折,汉元帝送别王昭君的时候,唱词首先用眼前秋景铺垫:

> 〔梅花酒〕呀!俺向着这迥野悲凉。草已添黄,色早迎霜。犬褪得毛苍,人搦起缨枪,马负着行装,车运着糇粮,打猎起围场。

两人黯然分离:

他他他，伤心辞汉主；我我我，携手上河梁。他部从入穷荒，我銮舆返咸阳。

接着想象自己秋夜徘徊，思念远去的昭君，将是何等悲伤：

　　返咸阳，过宫墙；过宫墙，绕回廊；绕回廊，近椒房；近椒房，月昏黄；月昏黄，夜生凉；夜生凉，泣寒螀；泣寒螀，绿纱窗；绿纱窗，不思量。

忧伤缠绵的思绪层层累积，在下一支曲词中爆发：

　　〔收江南〕呀！不思量，除是铁心肠。铁心肠，也愁泪滴千行。美人图今夜挂昭阳，我那里供养，便是我高烧银烛照红妆。

　　元杂剧的文辞之美，有历史传承的深厚底蕴，有源自生活的泼辣生机，有作者感悟生命的深邃回响，值得我们去体会，去欣赏，去沉浸其中。

原书绪言

一、南北曲之派别

曲有南曲、北曲之分。南曲导源于诗词，北曲导源于说唱。诗词之播于乐歌，自唐以后盛行之，王之涣之"黄河远上"、王摩诘之"渭城朝雨"、苏东坡之"大江东去"、柳耆卿之"晓风残月"，早受当时之推崇，而薄媚、传踏、法曲、大曲，同时演进。文人学士，花间月下，引为赏心乐事。南曲宗之，故字句不嫌文雅。说唱者，货郎盲叟，编排古事，连说带唱，沿途围场，引人坐听，以博糊口之资，事迹不妨臆造，字句务必谐俗，要使村翁牧竖人人都解，又必时出俊语，以起听者之兴趣。陆游诗云："斜阳古柳赵家庄，负鼓盲翁正作场。死后是非谁管得！满村听说蔡中郎。"此说唱之本体也。演而为北曲，仍以谐俗为贵，倘使过于风雅，即非北曲体裁。南北曲之来源如此。

元曲

有元一代文学,以曲著称,皆北曲也。金代董解元之《西厢》,当推为最早。董《西厢》尚属说唱体[①],至元代变为杂剧,则由说唱而为演唱矣,惟所用曲调,仍与说唱者无异,故北曲之初具规模,当推董《西厢》为首。

北曲之音节,亦与南曲异。其最显著者,南曲只用宫、商、角、徵、羽五正声,北曲则兼用变宫、变徵,共七声,故南曲声调和平,而北曲劲挺。今南方之摊簧,声调柔靡,谓为南曲之末流可也;北方之大鼓,音节刚厉,谓为北曲之末流可也。不知南北曲者,观于摊簧、大鼓,可以得其小影矣[②]。若细别之,则南曲常注意于字,一字之胜,必延长歌声,甚者至七八拍,宛转缠绵,若此字不可轻易放过者然;北曲常注意于句,遇调中高激之句,必以俊语当之,其有延长之余音,每每施之于句末。故歌者于南曲,若为一字一字之歌,于北曲,则为一句一句之歌也[③]。

曲文之中,有正字,有衬字。正字者,原谱所有,填曲时不可少之字也;衬字者,原谱所无,填曲者以己意加增之字也。以文法例之,正字为名词、动词,衬字为其助动词。此衬字常有一种作用:搬运正字,使之灵活。如本编所选《汉

---

① 说唱体之曲文为述事文,演唱体之曲文为代言文。
② 旧时叶北曲之乐器,只用三弦,亦与今之大鼓无异。
③ 此种音调当于正曲中辨之。

宫秋》剧，第二折中有云："不说他伊尹扶汤，则说那武王伐纣。"伊尹扶汤，武王伐纣，是两起古事[1]。此两古事，以"不说他""则说那"两衬语搬运之，方能活动，与本曲发生情意。若无此衬语，两个死古典，不能成句也。凡曲文中用衬字，皆此类。而南北曲之用衬字亦不同：南曲衬字，以少为贵，或用一字，或用两三字，止矣；北曲衬字，可以稍多，甚者或至衬字多于正字。所以者何？南曲每句，板有定数，有定所，某板在何字，不可移动，所加衬字，只可借眼，不当占板。若衬字多，则与本句之拍板有碍，不复可歌[2]。故衬字自一至三而止。北曲之板，可以视文情而增加之，故衬字稍多无妨。此又南北曲文体之别也。

近日听南北曲者，统名之为昆腔，此实谬误。昆腔之称，因明代魏良辅点定《琵琶记》谱，一时听者称善，魏居苏州之昆山县，故名之为昆腔。《琵琶记》为南曲，南曲之谱，得魏而大厘正，则昆腔之名以名南曲可也，不当并北曲而亦名之为昆腔也。原其所以混称之故，盖有二因。旧时叶北曲之乐器，专用三弦[3]，不知何时，亦兼用笛，遂与南曲混，此一因也。旧时歌伶，盛于吴下，能歌南曲，亦能演唱北曲，两种剧而以

---

[1] 亦是两本杂剧。《伊尹扶汤》为关汉卿所作，《武王伐纣》为赵文殷所作。
[2] 虽南曲有赠板之例，然赠板仍有定处。
[3] 与今之大鼓同。

一班演之，故北曲而亦名之为昆腔也。

二、宾白

曲文之中，有夹入白话者，谓之宾白。析言之，则一人自语曰白，两人对语曰宾。此编照臧晋叔《元曲选》录之，皆注"云"字。元曲之"云"，大都随便凑写，不甚着意经营，故每有曲文甚佳，而云白鄙俚蹈袭，索然无味者。后人因谓宾白系演剧时伶人自为之，臧晋叔亦采其说，此语恐未必然。今考元剧之词，大都曲白相生，若去其白，曲文意不相接，作曲者安能作此文意不接之曲乎？又如本编所选《老生儿》，其云白着意描写各人神情，处处意态欲活。有故意重沓处，则以重沓见妙；有径作直爽处，则以直爽见妙。如此云白，即后世传奇中亦罕见其匹，晋叔谓伶人加白，其说不可信也。惟元曲之白，鄙俚蹈袭者实多，则可谓之不经意；若执其白而并訾其曲，则过矣。

三、宫调

元曲每折之首曲，常标明宫调。如云〔仙吕粉蝶儿〕。仙吕，宫名也；粉蝶儿，属于仙吕宫之曲名。又如〔双调新水令〕。双调，调名也；新水令，属于双调之曲名也。此折用仙吕宫，则折中，概取仙吕宫曲，不屦他宫；此折用双调，则折中，概取双调曲，不屦他调。故宫调之名，但于首曲标之；余曲单标曲名，不再标宫调名。元曲之例如此，读曲者不可不知也。

宫调之法，非自元曲始也，于古已早详备之。《礼记》云"五声六律十二管，还相为宫也"，此语为宫调之总诀。其事属于器数，法至简易，并无何种神秘。自后人以阴阳卦气十二月令之说参杂之，乃转而为神秘矣。今参对西洋乐器，而列表以说明之。

十二管为六律六吕表

十二管名	分排律吕
黄钟	律
大吕	吕
太蔟	律
夹钟	吕
姑洗	律
仲吕	吕
蕤宾	律
林钟	吕
夷则	律
南吕	吕
无射	律
应钟	吕

十二管，以黄钟之声为最低。黄钟以上，递高半音阶，至应钟而止。比应钟再高半音者，名清黄钟。清黄钟之与黄钟，犹西乐简号 $\overset{\bullet}{1}$ 之与1也。由清黄钟而上，清大吕、清太蔟，仍以次排之。比黄钟低半音者，名倍应钟。倍应钟之与应钟，犹西乐简号 $\overset{\bullet}{7}$ 之与7也。由倍应钟而下，倍无射、倍南吕，亦以次推之。譬诸风琴，此黄钟、大吕十二管，为键盘之正组，其上则为高一组，其下则为低一组，至易了解也。清声与倍声，歌则有之；宫调之定名，则以十二管为限。此十二管，即《左传》《国语》之所谓中声也。管有十二，在奏乐时则用其五，名曰五声。五声者，宫、商、角、徵、羽也。《礼记》"还相为宫"云者，指此十二管可以任取何管为宫声。犹云十二管轮派为宫声一次。既轮某管为宫声，则商、角、徵、羽各声，当以次派值各管。如以黄钟为宫，则当然派太蔟为商；以无射为宫，则当然派黄钟为商。故曰"相为宫"也。律与吕之名，不过于十二管之次序相间而别之，犹之风琴键盘之分黑白，取其目之易别，非有他也[①]。后人谓律为阳而吕为阴，则自起葛藤矣。由黄钟起至应钟止，适分十二阶级，此乃人喉、人耳可以分别之天能，非有故意加减于其间，而其数与十二月为无意之适合，并非为天时有十二月以成一岁，故作十二管以

---

① 中国名律者六，名吕者六。由器分之，风琴白键七而黑键五；由音分之，法微异而意实同。

应之也。后人强作解事,谓十二管与十二月相应,于是有葭灰候气诸说,甚且以飞灰应者为准律,不应者为律之不准,又自起葛藤矣。此等葛藤之说,惟一切屏除之,庶于音乐之道为大畅也[①]。

十二管与风琴键盘相配表

应钟	四寸七分六厘七毫有奇	B
无射	五寸又五厘一毫有奇	#A 或 bB
南宫	五寸三分五厘一毫有奇	A
夷则	五寸六分六厘九毫有奇	#G 或 bA
林钟	六寸六毫有奇	G
蕤宾	六寸三分四厘二毫有奇	#F 或 bG
仲吕	六寸七分四厘二毫有奇	F
姑洗	七寸一分四厘三毫有奇	E
夹钟	七寸五分六厘八毫有奇	#D 或 bE
太蔟	八寸又一厘八毫有奇	D
大吕	八寸四分九厘四毫有奇	#C 或 bD
黄钟	九寸	C

---

① 《九宫大成南北词宫谱》尚以宫调配月令,此实迂气,勿为所泥。

中国律吕十二管，西洋乐键亦十二；中国乐于十二管中用宫、商、角、徵、羽及变宫、变徵，凡七声，西乐亦用七声。可知自然之人籁，虽殊方异俗，亦不谋而相同。天然之则，不可变易也。中乐十二管各有专名，西乐惟白键有字母以为之符号，黑键则附属于白键，可见中乐之完善矣。

十二管所主宫调表

俗名 律 声	宫声	商声	角声	变徵声	徵声	羽声	变宫声
黄钟	正黄钟宫	大石调	正黄钟角	正黄钟宫变徵	正黄钟宫正徵	般涉调	大石角
大吕	高宫	高大石调	高宫角	高宫变徵	高宫正徵	高般涉调	高大石角
太蔟	中管高宫	中管高大石调	中管高宫角	中管高宫变徵	中管高宫正徵	中管高般涉调	中管高大石角
夹钟	中吕宫	双调	中吕正角	中吕变徵	中吕正徵	中吕调	双角
姑洗	中管中吕宫	中管双调	中管中吕角	中管中吕变徵	中管中吕正徵	中管中吕调	中管双角
仲吕	道宫	小石调	道宫角	道宫变徵	道宫正徵	正平调	小石角

(续)

蕤宾	中管道宫	中管小石调	中管道宫角	中管道宫变徵	中管道宫正徵	中管正平调	中管小石角
林钟	南吕宫	歇指调	南吕角	南吕变徵	南吕正徵	高平调	歇指角
夷则	仙吕宫	商调	仙吕角	仙吕变徵	仙吕正徵	仙吕调	商角
南宫	中管仙吕宫	中管商调	中管仙吕角	中管仙吕变徵	中管仙吕正徵	中管仙吕调	中管商角
无射	黄钟宫	越调	黄钟角	黄钟变徵	黄钟正徵	羽调	越角
应钟	中管黄钟宫	中管越调	中管黄钟角	中管黄钟变徵	中管黄钟正徵	中管羽调	中管越角

十二管既各可为宫，则当然有十二宫；每宫有宫、商、角、徵、羽、变宫、变徵七声，则十二乘七，有八十四声，总名八十四调。乐曲有宫调之名者，以歌曲之终，收结声所在而名之也。例如有一曲，以黄钟宫叶之，结声于宫，即称黄钟宫曲；又有一曲，亦以黄钟叶之，而结声于商，则称黄钟商调。然八十四调自古未尝全用，至宋陈旸《乐书》所载，止有二十八调，盖七宫、七羽、七商、七角而已。又中国古代宫调，历汉魏六朝，渐以散佚，并乐器音律，亦颇失其传，至隋

代郑译访之龟兹国人苏祇婆，始重整理之，由是中国乐调羼杂西域名，如般涉调、歇指调之类是也。再以累朝乐律，声高声低，迭经改定，于是有雅乐之律，有俗乐之律，有燕乐之律，有方外乐之律，从此名称互有参差。如既有黄钟宫，又有正黄钟宫[1]，夷则宫则名之为仙吕宫，夹钟宫则名之为中吕宫等是也。宫调之名，经此异名迭更，学者未免眩惑。然有十二管名在，此等异名，尚不难厘正，右表即可为厘正之一端。以后倘一道同风，端本正末，则所有歧异之名悉删去之，亦音乐界一快事也。

某宫某调者，各曲所属之总纲也。一宫一调之中，有曲若干，数目不等，则又各有其本曲之名，俗谓之曲牌名。如仙吕调则有〔点绛唇〕〔混江龙〕诸曲，正宫调则有〔端正好〕〔滚绣球〕诸曲是也。此等曲名，或沿前代之大曲法曲，或采各地之里歌巷谣，或来自异域之禁咻兜离，其源不可尽考[2]。审音者以宫调归纳之，若网在纲，有条而不紊矣。元曲每一折用一宫调，列曲十数支，必取其同宫同调者，此定例也[3]。又曲与曲相承，后曲与前曲，亦必取音节相谐，使听者不感觉怪异，如〔端正好〕之必接〔滚绣球〕，〔点绛唇〕之必接〔混江

---

[1] 简称正宫。
[2] 王国维《宋元戏曲史》中颇有考据，然亦不能遍言。
[3] 南曲则有中途变易宫调之时，与北曲异。

龙〕，隐然若成为法律，是名之曰套数。学作曲者，套数不可不讲也①。

四、声韵

一日，与友人谈运动会事。友曰："今日之运动会，不知金表为何人所得？"予曰："运动会有金表奖乎？其为手表耶？抑佩表耶？"友曰："非此类物也，乃银盾与旗帜耳。"予于是悟友所云者，是"锦标"，非"金表"也。"锦"上声而"标"平声，"金"平声而"表"上声，平上互差，则"锦标"误为"金表"。俗语且然，何况于读文，何况于读曲。近来学校中，看书之时多，读书之时少，口齿上声韵之练习，较前为缺乏矣。兹于读曲，当先留意焉。

四声平、上、去、入之分，始于梁之沈约。此非沈约臆造，盖据当时读音而派定之也。厥后北方字音递变，而南方之变者少，故南有入声而北无之。北方入声，派入平、上、去三声之中。读北曲者，以此为准焉。曲调之高低抑扬，与字声大有关系。平声长而舒扬，上声短而下降，去声锐而上翘，填曲者视曲调之如何，而以声配字，读曲虽非唱曲，然准字音而吟咏之，亦可得曲中之神味也。且平、上、去三声，各有阳阴之分，字之发声，又有唇舌齿喉腭之别，填曲者皆须调节得宜，

---

① 套数之法，吴瞿安《顾曲麈谈》言之颇详。

其曲始不拗嗓。张玉田《词源》曾举"琐窗深"三字以明其说。云所作词有"琐窗深"三字，歌之不协；改为"琐窗幽"，歌之仍不谐；后改为"琐窗明"，乃当。"深""幽""明"三字皆平声，何以"深""幽"不谐而"明"独佳？盖"琐窗"二字皆齿音，而"深"又齿音，三者相叠，故觉不适于听；改"幽"字，属喉音矣，然"窗"字阴平，"幽"字又属阴平，故仍觉不适于听；"明"字唇音，又属阳平，谐矣。同为平声，而唇齿、阴阳之分，尚有谐、不谐之别，况宜平而上、而去乎？古人作曲，大非偶然，读曲者慎勿草草读过也。

填曲所注意者，为去声字，而阴去声则尤其注意。盖谱入歌唱，去声字当比平、上高，而阴去声又高于阳去，故用去声字较慎也。在作诗者，上与去同为仄声，无庸别择；而在填曲，则上、去不容相代，盖上声降而去声升，不可混也。曩见小学校唱歌书，以歌词合其歌调，每有戾字，照谱而歌则字别，按字而歌则不合调，此皆作歌时未察四声故耳。

近人有提倡无韵诗者，但在我中国，小儿之童谣有韵，牧竖之山歌有韵，韵固非甚难事，若取其适听，吾仍主有韵也。作曲之韵，视作诗大宽矣。不独东冬、江阳等之合并也，即平、上、去、入四声，可以通叶。一曲之中，不许有重复之韵；而一折之中，用韵可许重复。于此而曰韵能困人，直不必再言作曲可也。

韵有时代之变，有方音之变。古者支、之、脂分为三韵，今合为一，不复能分；古麻韵一也，今曲分为家麻与遮车。此时代递迁之变也。侵、覃、咸、盐诸韵，为闭口音，今惟广东读闭口，其余各地，则但入鼻而不闭口；尚有读模韵、歌韵而混入尤韵者，读麻韵而混入佳韵者。此各地方音之变也。作曲者执古韵以诋今韵不可，执一方之韵以诋他方亦不可，于是韵书尚焉。以韵书为准，不致分离乖隔之益甚。平水韵[①]为作诗者所取则，《词林正宗》为填词者所取则，《中原音韵》为作北曲者所取则，《洪武正韵》为作南曲者所取则，近则有《韵学骊珠》一书，斟酌考订，益费苦心，读曲作曲，以之为参考书可也。

以口舌练习声韵，须逐字订正其读音，既正矣，又须反覆诵读，以俟其纯熟，期矢口而无讹。积而至于数百字、数千字，皆待有同样之工夫加入之，并无总诀，可以一通而无不通者，此实须费时间之事。又字画者，形迹之物，有书本可凭目察；声韵者，无形迹可寻，教者以口授，学者以耳受，以口习，苟有误，不能自知，俟他人较正之。故古人以识字为小学，言此事当自小时学之，日积月累以为功，非可执速成之心，而期其不劳而获也。然求学本为终身之事，读书亦非旦夕之功，识字非专为读曲也，惟读曲亦有待于识字者耳。

---

① 俗名诗韵。

五、排场

元代杂剧，每本限以四折，不许增多。四折之曲，唱者一人，每折之曲，常十数支，一人实甚劳苦，然成例如此，不能变也。有时事情繁复，非四折所能尽，则视事情之不重要处，以白括之，不复制曲。若犹不能尽，则加一楔子。《说文》云："楔，櫼也。"盖木工作櫼，与孔相入，其不固者，斫木札紧之，是谓楔子。杂剧楔子之名，取于此也。楔子常加于四折之首，亦有加于四折之中间者，又有起首一楔子不足尽事情，中间再加一楔子者，皆以每本四折之例限之故也。此等限制，大足使作曲者受其局促。至南曲传奇，不拘四折之例，且不拘全本一人独唱之例。于是编剧者量事情以定出①，量唱者之劳逸，以定前出、后出之相续②。又于场面，使清净者与热闹者相间，名之曰排场。戏剧之有排场，实自传奇始，若元之杂剧，直无排场之可言也。

六、俗语

元曲见称于人，其善用俗语，亦所以称之一端也。然此类俗语，有今尚通行者；有今时已不通行者；有今虽不通行，可

---

① 北曲之折，南曲名之为出。
② 如前出以生唱，后出以旦唱之类。

缘字以揣其意而解释之者；有字本假借，无义可寻，今直不知所语云何者；有一处之方言，他处不可求解者；间亦有用蒙古人语，所书汉字，本属译音，今无可作解者；且有语意可解，而其句法装置与今不同者。凡此种种，欲尽取以笺释之，事有难能。王国维云：元曲中所用俗语，为宋、金、元三朝遗语，所见甚多，苟辑而存之，足为一专书，以供言语学上之研究。吾谓古代书籍，如《尚书》《诗经》及先秦诸子等类，皆有当时俗语而后世不复通行者；《尔雅》《方言》乃为之诠释，成为训诂之学。汉时俗语，如"夥颐""主臣"等，亦间有存者，然不多矣。唐代佛经译本，宋代先儒语录，以及宋、金、元之小说、戏剧等书，大都用俗语，苟有董而理之者，亦近代训诂之学也。

元曲中既有不可解之俗语，则吾侪读曲时，当然觉有困难。然翻阅既多，渐亦可以意会，此不求甚解之解法也。至广征书籍，博考方言，以求全体彻底之解释，此专门名家之事，不能望于读曲者。又元曲中每有据当时稗官小说之事，作为典故用之，当时妇孺皆知，而其书今已不传，考之正史，则多乖谬，此类典故，亦以意会之可矣，若欲据正史而纠正之，反嫌其迂执也。

七、元曲中与今不同之假借字

每　今俗语"你们""我们"字样，已为通用之字矣。在元曲中，"你们"常作"你每"，如《汉宫秋》杂剧"宰相每"，即"宰相们"也。"每"与"们"双声。案，"你""宰相"，意表少数，加一"们"字，则为多数。此"们"字音，在古当是"辈"字，后音变为"每"字，再变为"们"字。"辈"字为清声，"每"字为浊声①，"辈"与"每"，清浊变而韵未变也。至"每"变为"们"，同属重唇浊音，"每"为阴韵②，"们"为阳韵③，声母不变而韵变也。而"们"之与"辈"，则声母、韵母皆变，"每"音居其间，若为之介绍，于此可见俗语递变之辙迹焉。元曲用"每"，假借字也；今用"们"，改造字也。

家 元曲中语助词。如本编《老生儿》曲中"每日家花花草草"，又"盖一座家这通行庙"，此"家"字，后来传奇中改用"价"字。如汤若士《南柯梦》传奇"整日价红围也那翠匼"，洪昉思《长生殿》传奇"几回价听鸡鸣起身独夜舞"是也。案，"家"与"价"不过平声、去声之分。考其意味，此"家"字，在古当为"其"字。如《离骚》"纷总总其离合兮，斑陆离其上下"，在元曲中可为"纷总总家离合兮，斑陆离家上下"。"其"与"家"，古音皆深腭，今音皆浅腭。吴中俗语，说"自家""他家"为深腭，而读文为浅腭。吴俗语中用"其"字者少，读文为浅腭，而常熟一县，称他人曰"其"，为深腭音，可证"其"与"家"古音同也。用在语助上，皆有声而无

---

① "辈"属帮母，"每"属明母。
② 余声不入鼻者为阴韵。
③ 余声入鼻者为阳韵。

义。此语助音,吴中至今有之,惟音变若"葛"①。如《离骚》二句,以吴中俗语译之,则读如"纷总总噶离合兮,斑陆离噶上下"。如此读法,其字之意,虽村妪亦解矣。后来曲文中改"家"字为"价"字,盖因用"家"字者易与有意义之"家"字相混,故改书"价"也。

则 今俗语中借用"只"字,在元曲中或借用"则"字,限止词也。如:"只此一家,并无分出。"表有所限止之意。元曲中,"则"与"只"随便书,而书"则"字处较多。案,"只"字,古常用"衹"字。唐石经《左传》"衹见疏也",《诗》"衹搅我心",《论语》"亦衹以异",皆从"衣"旁。音止移切。其后"衹"与"祇"混写,故今《左传》《诗经》《论语》刻本皆作"祇"。读"衹"音者,两齿相切,余音亦不开放;读"只"音者,字头与"衹"同,而余音两齿稍开。此盖俗语音变,而假借之字因而变也。元曲借用"则"字,易与文言之"则"字相混;今改用"只"字,容易分清。(本编照臧刻本,"则""只"仍旧互用,后来曲本亦仍有书"则"字者,故特具说于此。)

者 咱 元剧宾白中,此两字常任便用之。如《汉宫秋》剧"妾身在家,颇通丝竹,弹得几曲琵琶。当此夜深孤闷之时,我试理一曲消遣者",又"圣驾到来,急忙迎接者",又"烛光越亮了,你与我挑起来看咱",又"望陛下恩典宽免,量与些恩

---

① 长音变为短音。

荣咱"。"者"与"咱"音同，故随便假借，意无分别也。案，此字之意，为肯定语助词。用于对己语，有"我且如此""我应如此"之意；用于以上对下，为命令语助词；用于以下对上，为希望语助词。今吴语、京语中，此音已无有，惟江西南昌俗语中常得闻之，音略变如"着"①，盖长音变短音也。

波 语助词，意与"么"字相近，且有竟读作"么"字者，如"也么"或写作"也波"，《紫钗记》"花波艳酒"读若"花么艳酒"是也。今俗语，"么"字为常用之字，而"波"字竟不复见。案，"么"字完全为疑问口气，"波"字则于疑问之中稍带有希望其然之意。如本编《老生儿》剧中"喜波！喜波"，《李逵负荆》剧中"你也等我一等波""你看他波"，于语中皆含有希望意，此与"么"字稍异者也。"波"与"么"，犹"辈"与"每"，有由重变轻之迹焉。

也 人名及人代名下之助词，称人之有此音者，其意较亲善也。如本编《李逵负荆》剧中"老王也""哥也"之类，他剧中亦常遇之。近时曲本改为"吓"字，"也"字系假借，"吓"字则增造者也。案，称人之下，助以"也"声，此语法已极古。如《论语》"柴也愚，参也鲁，师也辟，由也喭"，又"回也，其心三月不违仁""赐也，汝以予为多学而识之者与""师也过，商也不及"，《礼记·檀弓》"旷也，大师

---

① 读若"着棋"之"着"。

也；……调也，君之褒臣也；……黉也，宰夫也"，又"为伋也妻者，是为白也母；不为伋也妻者，是不为白也母"。凡属此类至多，不胜枚举。此"也"字为口语时称名下之延长音，近曲本以其为文言而避之，改造"吓"字，其实不必，仍之，正可见古代俗语有延存至今者也。

倈 音"兰"，亦称名下之助词，如本编《李逵负荆》中之"老王倈""宋江倈"，意与"也"字无别。盖"也"字为喉中直泻之音，言"也"而发端于舌，即为"倈"。今曲本改造"啦"字以代之。

右所举为元曲中习见之字，而近时小说曲本有不同者，故略疏解之。至其余"这"字、"怎"字、"么"字、"了"字之类，今尚通用，不必遍举也。

八、元曲之品藻

元曲之美，称之者异口同声，然往往但言其美，而所以为美之故，罕能道也。王国维《宋元曲史》中有数节能言为美之真际，兹录之于左。

王云：元曲之佳在何处？一言以蔽之，曰自然而已矣。古之大文学家，无不以自然胜，而莫著于元曲。盖元曲之作者，其人均非有名位学问也；其作剧也，非有藏之名山、传之其人之意也。彼以意兴之所至，为之以自娱娱人。关目之拙劣，所不问也；思想之卑陋，所不讳也；人物之矛盾，所不顾也。彼但摹写胸中之感想与时代之情状,而真挚之理与秀杰之气,时流露于其间。故谓元曲为最自然之文学,无不可也。若其文字之自然,则又为其必然之结果,抑其次也。

又云:元剧最佳之处,不在其思想结构,而在其文章。其文章之妙,亦一言以蔽之,曰有意境而已矣。何以谓之有意境?曰写情则沁人心脾,写景则在人耳目,述事则如口出是也。古诗词之佳者,无不如是,元曲亦然。明以后之曲剧,其思想结构,尽有胜于前人者,惟意境则为元人所独擅。

曰有意境,曰自然,真能抉出元曲之美之秘奥者。顾吾谓自来文章之美,无有越此有意境与自然之阈者也。惟古人之所谓自然,因语言之递变,吾不知之矣。至近代之自然,则渊然而可味也。屈原之《离骚》、宋玉之《九辩》,凄人心脾,何以故?有意境也。然初读则觉其涩口,读熟而后味津津焉。语言之时代,相隔已远,古之自然,今或以为不自然也。陶渊明之田家诗,读之心旷神怡,何以故?有意境也,自然也。储光羲之田家诗,未尝不类乎陶,然味稍逊焉,盖意境不亚于陶,而不及陶之自然也。因思昔人有言"文章本天成,妙手偶得之",此语至妙。盖有意境而未能自然,则可以为工致之文,不能为神妙之文;未有意境而但求自然,则非嚼蜡无味,必惝恍无聊矣。

苏子瞻之论文曰:"行乎其所不得不行,止乎其所不得不止。"此为已有意境而能自然者,言其状态者也。韩昌黎之论文曰:"始者,非三代、两汉之书不敢观,非圣人之志不敢存……。当其取于心而注于手也，惟陈言之务去，戛戛乎其难哉……。如是者亦有年，犹不改，然后识古书之正伪，与虽正而不至焉者，昭昭然白黑分矣……。当其取于心而注于手也，汩汩然来矣……。如是者亦有年，然后浩乎其沛然矣。吾又惧其杂也，迎而距之，平心而察之，其皆醇也，然后肆焉。虽然，不可以不养也，行之乎仁义之途，游之乎诗书之源，无迷其途，无绝其源，终吾身而已矣。"此为未至乎有意境与自然而求至乎有意境与自然者，示以工夫者也。昌黎之法，孟子以两语括之，曰："必有事焉而勿正，心勿忘，勿助长也。"孟子此言，为养气然也；而移之于学文，亦无不可。盖学文而心无其事，谓文能有成，虽愚者亦知其妄也。顾有其事于心者，又常犯正之病。正者何？期必也。谓预期其事之功效，而挟必致之心以求之也。譬如种菊，菊之能开好花，固也，然种菊者挟一必开好花之心以责菊，其不戕贼此菊者几希矣。故孟子为心有此事者之戒其正也。心勿忘，即必有事也。言有事者，尚虞其间断；言勿忘，则无间断矣。勿助长，即勿正也。正为助长之起端，助长为正之进程，盖心所期必者，非助长不止也[①]。昌黎言存圣人之心，以谛观前人之学说，而别其正伪，孟子之所谓有事也。如是者有年，如是者又有年，孟子之所谓勿正、勿助长也。汩汩乎来，浩乎沛然，则有意境矣。行之仁义之

---

① 助长之说，孟子自有喻语。

途，游之诗书之源，所以涵养深纯，而俟其自然也。至行乎其所不得不行，止乎不得不止，自然之效见矣。此法也，以之集义，则为孟子之养气；以之读书，则为韩、苏之养成文才；以之揣摩人情，阅历世故，遇有感触，以俗语表达之，则元曲是矣。其所蓄物不同，蓄之法一也。

近之教为文者，或丑诋文言，力崇白话，谓人学为文，白话易而文言难也。此说之行，迄今将十年矣，而学者之文，未见有胜于前，反日降焉，其故何耶？曰学文而主张用白话，以正之心，行助长之术，所以降也。盖学为文者，学文言，学白话，须乎有意境而出之于自然，其致一也。既须有意境而出之自然，则其须乎必有事焉而勿正，心勿忘，勿助长，其功一也。其事无难无易，须有同一之功，而学其事者先存此难彼易之心而后学，其绩不加胜，反以日降，宜矣。

有演幻术以惑人者，藏兔于胯，藏鸽于襟，藏丸于指缝之间，乘人之不觉而骤出之，人相骇以为怪。诘其诀，两三言而毕矣。顾习幻术者，必先自匿秘室之间，以兔，以鸽，以丸，由其诀，千反百覆练习之，迨身段熟，手腕灵，然后可以登稠人广座之场而献技。若非然者，手拘足蹶，术且立败。学文言者，有须此千反百覆之练习；学白话者，亦须此千反百覆之练习。其理同也。汤若士酷嗜元人院本，自言筐[①]中所藏，

[①] 筐，疑为"箧"之误。——校订者注

多当世不常有，已至千种。故汤所作"玉茗堂四梦"传奇，词情独妙千古。魏良辅定《琵琶记》谱，楼居十年，以手指点几面以当拍，其后手所点处，几面之木深寸许。故水磨调[①]为昆腔之首创。学白话文者，不知此理之无可变更，辄相误曰白话文易，夫是以降也。

王右军以善书名千古，《兰亭集序》尤为所书之著者。当日天朗气清，惠风和畅，名流盛会，各赋新诗，右军濡笔而为之序，兴之所至，一挥而就，其中点改者数字，文亦清旷冲和，后代传诵。右军隔日自视，慊然得意。顾以所书为稿本也，复书之，乃所书终不能逮其稿本。今日所传刻之禊帖，即此稿本也。夫以右军之手、右军之笔，何以不复能为禊日之书？可见有意强为者，终不若得之自然者胜也。然惟工深养到者方可以言自然，工不深，养不到，而妄欲希其自然，犹吾人未尝为右军之临池习书，辄欲作右军之禊帖，适见其涂鸦耳。

是编于各剧卷首先为之提要，使读者预知本剧之事迹。盖元曲之妙，全在于曲文，不在于事迹。读曲者开卷，每先注意于事迹，而不注意于曲文。不知事迹数语可了，曲文之妙，可百读不厌者也。于提要已全揭其事迹，则以下可细玩其曲文矣。

曲文之中，仿《九宫大成谱》例，分别正字、衬字，正字大，衬字小，以清眉目。惟元代编剧家，曲调烂熟于口头，

---

① 魏定《琵琶记》谱今名《水磨调记》。

字句无分正衬,一气呵成,虽稍有变化,仍不碍其腔调。偷声减字之例,盖由此兴。后之人数字以分句,稍有变化者,不得不指为又一体。变之后又有变焉,则多列其体以收之。故《九宫大成谱》每有同一曲名列体至十余式者,然所列仍未可谓尽元曲之变化也。兹编以《九宫大成谱》为范,间有稍为出入者,曲文如此,不妨视为又一体。

曲文句法,与诗不同。同为五字句,有上二下三、上三下二之别;同为六字句,有二二二与三三之别;同为七字句,有上四下三、上三下四之别。此类句法,规律颇严,读曲者不可不致其分明。兹编旁注读①句与韵,亦照《九宫大成谱》例。有此可以省去标点,且较点为详备也。

文词之佳妙者,句旁加以密圈,虽未免从前积习,庶以增读者兴趣。

每折之后略附注释,苦不能备,读者谅之。至曲字读音,有与寻常异者,仍录臧晋叔原注于后。

童斐

一九二七年九月

---

① 读,dòu。

汉宫秋杂剧提要

汉宣帝时，握衍朐鞮单于暴虐，国中不附，拥立稽侯狦为呼韩耶单于，发兵击握衍朐鞮单于。单于自杀，其下分立为单于者五，更相攻伐，而呼韩耶之兄呼屠吾斯亦自立为郅支单于。后，五单于寻罢，唯存呼韩耶、郅支二单于。郅支攻呼韩耶，破走之，遂都单于庭。呼韩耶既败，称臣事汉，甘露三年入朝，自请留光禄塞下。北庭人稍稍归之，遂渐强盛。郅支单于怨汉拥护呼韩耶，杀汉使者谷吉，又见呼韩耶益强，恐见袭，率众西徙康居。汉西域都护甘延寿、副都护陈汤，矫制发兵，击斩郅支单于于康居，时元帝之建昭三年[①]也。呼韩耶单

[①] 建昭三年，元帝即位之十三年。

于闻郅支单于既诛,且喜且惧,竟宁元年①正月入朝,自言愿婿汉氏以自亲,帝以后宫良家子王嫱②赐之。是年五月,元帝薨,年四十岁。匈奴号王嫱为宁胡阏氏。宁胡阏氏偶呼韩耶,生一男,曰伊屠牙师,为右日逐王,又生二女,长女曰须卜居次,小女曰当于居次。正史所载事实如此。

《西京杂记》:元帝后宫既多,乃使画工图形,案图召幸之。诸宫人皆赂画工,独王嫱不肯,遂不得见。既以赐呼韩耶,召见,貌为后宫第一,帝悔之,而不欲失信于匈奴,卒遣之。《西京杂记》比正史增出画工图形一事,未言画工何名,名之为毛延寿者,后人所增饰也。是剧谓元帝遣画工毛延寿选民间女充后宫,王嫱不肯赂画工,画工故毁其容,因不得见幸。适元帝行后宫,闻昭君琵琶声,见之,美,幸焉。欲案诛毛延寿,延寿逃入匈奴,以所画昭君真容献呼韩耶单于,呼韩耶单于遂指名索昭君,汉弱,不能抗匈奴,不得已而遣昭君,帝

---

① 竟宁元年,元帝即位之十六年。
② 王嫱,字昭君,南郡秭归人,王穰之女。

亲送之灞桥。昭君至匈奴，既全邦交矣，乃自沉于黑龙江。单于怒毛延寿之反覆，缚送汉斩之。事实与正史异。

作曲者马致远，字东篱，大都人。元灭金，停废科举者八十七年，汉族人才，皆被压于蒙古人之下，不得伸。致远生当元初，睹金、宋两国之见灭于元，皆文治不修、武功不振之故，而又身受蒙古人之迫压，一腔愤恨，无以自泄，乃借王昭君事以发泄之。论题情，则从昭君口中着笔易，从元帝口中着笔难。乃此剧立局，不以昭君为正角，而以元帝为正角，此作者自居主人翁地位，故借元帝以为写照，可知也。中国人心理，对国之观念淡，对家之观念深，乃至被迫于强族，虽所爱之美人，不容自保，拱手而献之他人，于痛处下针砭，意至沉痛矣。论事实，则被逼遣妃，灞桥送别，为文之正面，以后则事过境迁，情较淡矣。乃正名曰《破幽梦孤雁汉宫秋》，偏注意于事过之后，第四折专写闻雁，在喜观事实者，当嫌其空泛无聊。不知箕子睹麦秀渐渐而伤殷之亡，周大夫见彼黍离离而伤周之迁，作曲者意，正与此同。惟作者主旨如此，故于昭君事实不得不略有变更。所变更者：元帝未尝前见昭君，而剧文则谓已见而幸之矣；昭君嫁单于，生有子女，而剧文则谓其自尽；呼韩耶实以郅支既诛而求亲于汉，剧中则谓其强盛，汉不能敌。盖非如此，不足以发泄其满腹之牢骚也。小说弹唱家，往往虚构事实以言情，乌有先生无是公，不妨任意臆造，若必执正史以责之，迂矣。

汉时匈奴地，在瀚海以南者曰漠南，即今之内蒙古是；在瀚海以北者曰漠北，即今之外蒙古是。由汉至匈奴，无须经黑龙江。昭君死匈奴中，所葬曰青冢，至今尚存，在内蒙古地，去黑龙江绝远。剧中谓昭君既出汉界，自投黑龙江死，单于即葬之江边，号青冢，地域不止谬以千里。想作曲者身未至蒙古地，彼时又无图经可按，故有此误，谅之可也。

破幽梦孤雁汉宫秋杂剧

元大都马致远东篱撰
明吴兴臧懋循晋叔原刊

楔　子

〔冲末扮番王引部落上，诗云〕毡帐秋风迷宿草，穹庐夜月听悲笳。控弦百万为君长，款塞称藩属汉家。某乃呼韩耶单于是也。久居朔漠，独霸北方，以射猎为生，攻伐为事。太王曾避俺东徙①，魏绛曾怕俺讲和②。獯鬻猃

---

① 太王曾避俺东徙，《孟子·梁惠王下》："大王居邠，狄人侵之，去之岐山之下居焉。"校订者按：大，tài，后作"太"。
② 魏绛曾怕俺讲和，《左传·襄公四年》："无终子嘉父使孟乐如晋，因魏庄子，纳虎豹之皮，以请和诸戎。"案，庄子，魏绛谥。

狁①,逐代易名;单于可汗②,随时称号。当秦、汉交兵之时,中原有事,俺国强盛,有控弦甲士百万。俺祖公公冒顿单于,围汉高帝于白登七日③,用娄敬之谋,两国讲和,以公主嫁俺国中。至惠帝、吕后以来,每代必循故事④,以宗女归俺番家。宣帝之世,我众兄弟争立不定,国势稍弱。今众部落立我为呼韩耶单于,实是汉朝外甥。我有甲士十万,南移近塞,称藩汉室。昨曾遣使进贡,欲请公主,未知汉帝肯寻盟约否?今日天高气爽,众头目每向沙堤射猎一番,多少⑤是好。正是:番家无产业,弓矢是生涯。[下]

① 獯鬻,Xūnyù;猃狁,Xiǎnyǔn。《孟子·梁惠王下》:"大王事獯鬻。"《诗经·小雅·六月》:"薄伐猃狁,至于大原。"案,獯鬻、猃狁、匈奴,皆一音之转。
② 单于,chányú;可汗,kèhán。《汉书·匈奴传》:"其国称之曰撑犁孤涂单于。匈奴谓天为撑犁,谓子为孤涂。单于者,广大之貌也。言其象天,单于然也。"《新唐书·突厥传》:"(突厥)居金山之阳,……至吐门,遂强大,更号可汗,犹单于也。"
③ 冒顿,Mòdú。围汉高帝于白登七日,《史记·匈奴列传》:韩王信降匈奴,匈奴得信,引兵南逾句注,攻太原。高帝自将兵往击之,会冬大寒雨雪,卒之堕指十二三,于是冒顿阳败走,诱汉兵,汉兵多步兵三十二万,北逐之。高帝先至平城,步兵未尽到。冒顿纵精兵三十余万骑,围高帝于白登七日,汉兵中外不得相救饷。高帝乃使使间厚遗阏氏。冒顿与韩王信将王黄、赵利期,而兵久不来,疑其与汉有谋,亦取阏氏之言。乃开围一角,高帝从解角直出,得与大兵合。校订者按:句注,Gōuzhù,雁门山古称。
④ 故事,以往事例。——校订者注
⑤ 多少,多么。——校订者注

破幽梦孤雁汉宫秋杂剧

〔净扮毛延寿上，诗云〕为人雕心雁爪，做事欺大压小。全凭谄佞奸贪，一生受用不了。某非别人，毛延寿的便是。见在汉朝驾下，为中大夫之职。因我百般巧诈，一味谄谀，哄的皇帝老头儿十分欢喜，言听计从。朝里朝外，那一个不敬我！那一个不怕我！我又学的一个法儿，只是教皇帝少见儒臣，多昵女色，我这宠幸，才得牢固。道犹未了，圣驾早上。〔正末扮汉元帝引内官宫女上，诗云〕嗣传十叶继炎刘，独掌乾坤四百州。边塞久盟和议策，从今高枕已无忧。某汉元帝①是也。俺祖高皇帝，奋布衣，起丰沛，灭秦屠项，挣下这等基业，传到朕躬，已是十代。自朕嗣位以来，四海晏然，八方宁静。非朕躬有德，皆赖众文武扶持。自先帝晏驾之后，宫女尽放出宫去了，今后宫寂寞，如何是好？〔毛延寿云〕陛下，田舍翁多收十斛麦，尚欲易妇，况陛下贵为天子，富有四海，合当遣官遍行天下，选择室女，不分王侯宰相军民人家，但要十五以上、二十以下者，容貌端正，尽选将来，以充后宫，有何不可？〔驾云〕卿说的是。就加卿为选择使，赍领诏书一通，遍行天下刷选。将选中者各图形一轴送来，朕按图临幸。待卿成功回时，别有区处。〔唱〕

---

① 汉元帝，臧刻原本元帝上场诗下云："某汉元帝是也。"案，孝元皇帝乃其既死以后之谥号，不当在生自称曰元帝，东篱于此太疏忽矣。兹援《长生殿》第一出例，改称"汉帝刘奭"，以掩其过巨之破绽。校订者按：改回万历原本，下同。

〔仙吕赏花时〕四海平安绝士马，五谷丰登没战伐，寡人待刷室女选宫娃。你避不的驱驰困乏，看那一个合属俺帝王家。〔下〕

第一折　用家麻韵

〔毛延寿上，诗云〕大块黄金任意抪，血海王条全不怕。生前只要有钱财，死后那管人唾骂！某毛延寿，领着大汉皇帝圣旨，遍行天下，刷选室女，已选勾①九十九名，各家尽肯馈送，所得金银，却也不少。昨日来到成都秭归县，选得一人，乃是王长者之女，名唤王嫱，字昭君。生得光彩射人，十分艳丽，真乃天下绝色。争奈他本是庄农人家，无大钱财。我问他要百两黄金，选为第一。他一则说家道贫穷，二则倚着他容貌出众，全然不肯。我本待退了他。〔做忖科，云〕不要倒好了他。眉头一纵，计上心来，只把美人图点上些破绽。到京师，必定发入冷宫，教他受苦一世。正是恨小非君子，无毒不丈夫。〔下〕
〔正旦扮王嫱引二宫女上，诗云〕一日承宣入上阳，十年未得见君王。良宵寂寂谁来伴？惟有琵琶引兴长。妾身王嫱，小字昭君，成都秭归人也。父亲王长者，平生务农为业。母亲生妾

---

① 勾，即"够"。——校订者注

时,梦月光入怀,复坠于地,后来生下妾身。年长一十八岁,蒙恩选充后宫。不想使臣毛延寿问妾身索要金银,不曾与他,将妾影图点破,不曾得见君王,现今退居永巷①。妾身在家,颇通丝竹,弹得几曲琵琶。当此夜深孤闷之时,我试理一曲消遣者。〔做弹科〕〔驾引内官提灯上,云〕某汉元帝。自从刷选室女入宫,多有不曾宠幸,煞是怨望咱。今日万机稍暇,不免巡宫走一遭,看那个有缘的,得遇朕躬也呵。〔唱〕

〔仙吕点绛唇〕车碾残花,玉人月下,吹箫罢。未遇宫娃,是几度添白发。

〔混江龙〕料必他珠帘不挂,望昭阳②一步一天涯。疑了些无风竹影,恨了些有月窗纱。他每见弦管声中巡玉辇③,恰便似斗牛星畔盼浮槎④。〔旦做弹科〕

---

① 永,长。永巷,皇宫中偏僻长巷。文学作品中常代指失宠嫔妃住处。——校订者注
② 昭阳,汉班固《西都赋》:"昭阳特盛,隆于孝成。屋不呈材,墙不露形。"《三辅黄图》:武帝后宫八区,有昭阳殿。
③ 玉辇,《通典》:夏后氏制辇,秦为人君之乘,汉因之,以雕玉为之,方径六尺,或使人挽,或驾果下马。晋潘岳《藉田赋》:"天子乃御玉辇。"
④ 浮槎,《博物志》:天河与海通。有人居海渚者,年年八月,有浮槎来,不失期。人有奇志,多赍粮,乘槎而去。至一处,有城郭状,屋舍甚严,宫中有织妇,见一丈夫,牵牛渚次饮之。问此是何处,答曰:"君还至蜀,问严君平,则知之。"校订者按:次,指处所。渚次,水洼所在之处。

〔驾云〕是那里弹的琵琶响?〔内官云〕是。〔正末唱〕是谁人偷弹一曲,写出嗟呀?〔内官云〕快报去接驾。〔驾云〕不要。〔唱〕莫便要忙传圣旨,报与他家。我则怕乍蒙恩,把不定心儿怕,惊起宫槐宿鸟,庭树栖鸦。

〔云〕小黄门,你看是那一宫的宫女弹琵琶,传旨去教他来接驾,不要惊唬着他。〔内官报科,云〕兀那弹琵琶的,是那位娘娘?圣驾到来,急忙迎接者。〔旦趋接科〕〔驾唱〕

〔油葫芦〕恕无罪,吾当亲问咱。这里属那位下?休怪我不曾来往乍行踏。我特来填还你这泪揾湿鲛绡①帕,温和你露冷透凌波袜②。天生下这艳姿,合是我宠幸他。今宵画烛银台下。剥地管喜信爆灯花。

〔云〕小黄门,你看那纱笼内,烛光越亮了,你与我挑起来看咱。〔唱〕

〔天下乐〕和他也弄着精神射绛纱,卿家,你觑咱,则他那瘦岩岩影儿可喜杀。〔旦云〕妾身早知陛下驾临,只合远接,接驾不早,妾该万死!〔驾唱〕迎头儿称妾身,满口儿呼陛下,必不是寻常百姓家。

---

① 鲛绡,《博物志》:鲛人水居如鱼,不废织绩,时出人家卖绡。
② 凌波袜,三国魏曹植《洛神赋》:"凌波微步,罗袜生尘。"唐李白《玉阶怨》诗:"玉阶生白露,夜久侵罗袜。"

〔云〕看了他容貌端正，是好女子也呵。〔唱〕

〔醉中天〕将两叶赛宫样眉儿画，把一个宜梳裹脸儿搽，额角香钿贴翠花，一笑有倾城价。若是越勾践姑苏台上见他，那西施半筹也不纳，更敢早十年败国亡家。

〔云〕你这等模样出众，谁家女子？〔旦云〕妾姓王名嫱，字昭君，成都秭归县人，父亲王长者。祖父以来，务农为业，闾阎百姓，不知帝王家礼度。〔驾唱〕

〔金盏儿〕我看你眉扫黛，鬓堆鸦，腰弄柳，脸舒霞，那昭阳到处难安插，谁问你一犁两坝做生涯。也是你君恩留枕簟，天教雨露润桑麻。既不沙①，俺江山千万里，直寻到茅舍两三家。

〔云〕看卿这等体态，如何不得近幸？〔旦云〕妾父王长者，当初选时，使臣毛延寿索要金银，妾家贫寒无凑，故将妾眼下点成破绽，因此发入冷宫。〔驾云〕小黄门，你取那影图来看。〔黄门取图看科〕〔驾唱〕

〔醉扶归〕我则问那待诏别无话，却怎么这颜色

---

① 既不沙，元时俗语，意近于既不然。

不加搽，点得这一寸秋波①玉有暇。端的是卿眇目，他双瞎，便宜的八百姻娇比并他，也未必强如俺娘娘带破赚②丹青画。

〔云〕小黄门，传旨说与金吾卫，便拿毛延寿斩首报来。〔旦云〕陛下，妾父母在成都，见隶民籍，望陛下恩典宽免，量与些恩荣咱。〔驾云〕这个煞容易。〔唱〕

〔金盏儿〕你便晨挑菜，夜看瓜，春种谷，夏浇麻，情取棘针门③粉壁上除了差法。你向正阳门改嫁的倒荣华。俺官职颇高如村社长，这宅院刚大似县官衙。谢天地可怜穷女婿，再谁敢欺负俺丈人家。

〔云〕近前来，听寡人旨，封你做明妃者。〔旦云〕量妾身怎生消受的陛下恩宠？〔做谢恩科〕〔驾唱〕

〔赚煞〕且尽此宵情，休问明朝话。〔旦云〕陛下明朝早早驾临，妾这里候驾。〔驾唱〕到明日，多管是醉卧在昭阳御榻。〔旦云〕妾身贱微，虽蒙恩宠，怎敢望与陛下同榻！〔驾唱〕休烦恼，吾当且是耍，斗卿来便当

---

① 秋波，《楚辞·招魂》："娭光眇视，目曾波些。"宋苏轼《百步洪》诗："佳人未肯回秋波。"
② 破赚，破绽。——校订者注
③ 棘针门，指官署。——校订者注

真假①。恰才家辇路儿熟滑，怎下的真个长门再不踏？明夜里西宫阁下，你是必悄声儿接驾，我则怕六宫人攀例拨琵琶。〔下〕

〔旦云〕驾回了也。左右，且掩上宫门，我睡些去。〔下〕

第二折　用鸠侯韵

〔番王引部落上，云〕某呼韩耶单于。昨遣使臣款汉，请嫁公主与俺，汉皇帝以公主尚幼为辞，我心中好不自在。想汉家宫中，无边宫女，就与俺一个，打甚不紧，直将使臣赶回。我待欲起兵南侵，又恐怕失了数年和好，且看事势如何，别做道理。〔毛延寿上，云〕某毛延寿。只因刷选宫女，索要金银，将王昭君美人图点破，送入冷宫。不想皇帝亲幸，问出端的，要将我加刑，我得空逃走了，无处投奔。左右是左右，将着这一轴美人图，献与单于，着他按图索要，不怕汉朝不与他。走了数日，来到这里，远远的望见人马浩大，敢是穹庐也。〔做问科，云〕头目，你启报单于知道，说汉朝大臣来投见哩。〔卒报科〕〔番王云〕着他过来。〔见科，云〕你是什么人？〔毛延寿云〕某是汉朝中大夫毛延寿。有我汉朝西宫阁下

---

① 斗卿要，元时俗语，谓诳人而戏弄之。

美人王昭君，生得绝色。前者大王遣使求公主时，那昭君情愿请行，汉主舍不的，不肯放来。某再三苦谏，说岂可重女色，失两国之好。汉主倒要杀我。某因此带了这美人图，献与大王。可遣使按图索要，必然得了也。这就是图样。〔进上看科〕〔番王云〕世间那有如此女人，若得他做阏氏，我愿足矣。如今就差一番官，率领部从，写书与汉天子，求索王昭君与俺和亲。若不肯与，不日南侵，江山难保。就一壁厢引控弦甲士，随地打猎，延入塞内，侦候动静，多少是好。〔下〕〔旦引宫女上，云〕妾身王嫱。自前日蒙恩临幸，不觉又旬月，主上昵爱过甚，久不设朝。今日闻的升殿去了，我且向妆台边梳妆一会，收拾齐整，只怕驾来好伏侍。〔做对镜科〕〔驾上，云〕自从西宫阁下得见了王昭君，使朕如痴似醉，久不临朝，今日方才升殿，等不的散了，只索再到西宫看一看去。〔唱〕

〔南吕一枝花〕四时雨露匀，万里江山秀。忠臣皆有用，高枕已无忧。守着那皓齿星眸，争忍的虚白昼。近新来染得些症候，一半儿为国忧民，一半儿愁花病酒。

〔梁州第七〕我虽是见宰相，似文王施礼，一头地离明妃，早宋玉悲秋①。怎禁他带天香着莫定龙衣袖。他诸余②可爱，所事③儿相投，消磨人幽闷，陪伴我闲游，偏宜向梨花月底登楼，芙蓉烛下藏阄④。体态是二十年挑剔就的温柔，姻缘是五百载该拨下的配偶，脸儿有一千般说不尽的风流。寡人乞求，他左右，他比那落伽山观自在⑤无杨柳，见一面得长寿，情系人心早晚休，则除是雨歇云收。

〔做望见科〕〔云〕且不要惊着他，待朕悄地看咱。〔唱〕

〔隔尾〕恁的般长门⑥前抱怨的宫娥旧，怎知我西宫下偏心儿梦境熟。爱他晚妆罢，描不成，画不就，尚对菱花⑦自羞。〔做到旦背后看科〕〔唱〕我来到这妆台

---

① 宋玉悲秋，战国楚宋玉作《楚辞·九辩》，其首章云："悲哉！秋之为气也。"
② 诸余，元曲中俗语，泛指各事。
③ 所事，元曲中俗语，意为不论所作何事。
④ 藏钩，《三秦记》：汉武帝钩弋夫人生而手拳，人莫能舒，及帝舒之，中握玉钩。后人效之，以为藏钩之戏。校订者按：各本作"藏阄"。
⑤ 落伽山观自在，指观世音菩萨。——校订者注
⑥ 长门，汉司马相如《长门赋》序："孝武皇帝陈皇后时得幸，颇妒，别在长门宫，愁闷悲思，闻蜀郡成都司马相如天下工为文，奉黄金百斤，为相如、文君取酒，因于解悲愁之辞，而相如为文以悟主上，陈皇后复得亲幸。"
⑦ 菱花，《飞燕外传》："飞燕始上大号，婕妤奏上三十六物以贺，有七尺菱花镜一奁。"

背后,元来广寒殿嫦娥①,在这月明里有。

〔旦做见接驾科〕〔外扮尚书、丑扮常侍上,诗云〕调和鼎鼐理阴阳,秉轴持钧政事堂。只会中书陪伴食,何曾一日为君王!某尚书令五鹿充宗是也,这个是内常侍石显②。今日朝罢,有番国遣使来索王嫱和番,不免奏驾。来到西宫阁下,只索进去。〔做见科,云〕奏的我主得知:如今北番呼韩耶单于差一使臣前来,说毛延寿将美人图献与他,索要昭君娘娘和番,以息刀兵,不然他大势南侵,江山不可保矣。〔驾云〕我养军千日,用军一时。空有满朝文武,那一个与我退的番兵!都是些畏刀避箭的,恁不去出力,怎生教娘娘和番!〔唱〕

〔牧羊关〕兴废从来有,干戈不肯休。可不食君禄,命悬君口。太平时卖你宰相功劳,有事处把俺佳人递流③。你们干请了皇家俸,着甚的分破帝王忧?

---

① 广寒殿嫦娥,《后汉书·天文志》注:"羿请无死之药于西王母,姮娥窃之以奔月。"《龙城录》:明皇与申天师、道士鸿都客,八月望日夜,三人同在云上,游月中,见一大宫,榜曰广寒清虚之府。
② 五鹿充宗、石显,《汉书·佞幸传》:石显少坐法腐刑,为中黄门。元帝即位,为中书令,贵幸倾朝,与中书仆射牢梁、少府五鹿充宗结为党友,诸附之者,皆得宠位,民歌之曰:"牢耶石耶,五鹿客耶。印何累累,绶若若耶。"
③ 递,传送。流,五刑之一。《尚书·舜典》:"流共工于幽州。"谓放逐之。

那壁厢锁树的怕弯着手①,这壁厢攀栏的怕擷破了头②。

〔尚书云〕他外国说,陛下宠昵王嫱,朝纲尽废坏了。国家若不与他,兴兵吊伐。臣想纣王只为宠妲己,国破身亡,是其鉴也。〔驾唱〕

〔贺新郎〕俺又不曾彻青霄高盖起摘星楼③,不说他伊尹扶汤,则说那武王伐纣。有一朝身到黄泉后,若和他留侯、留侯④厮遘,你可也羞那不羞?您卧重裀,食列鼎,乘肥马,衣轻裘。您须见舞春风嫩柳宫腰瘦⑤,怎下的教他环佩影摇青冢⑥月,琵琶声断黑江秋!

〔尚书云〕陛下,咱这里兵甲不利,又无猛将与他相持,倘或疏失,如之奈何?望陛下割恩与他,以救一国生灵之命。

---

① 锁树的,形容其不肯弯手。怕弯着手,极言其懒。校订者按:十六国时汉赵重臣陈元达谏阻兴建宫殿,自锁于树。
② 攀栏的,形容其怕跌。怕擷破了头,极言其胆怯。校订者按:汉朱云进言诛杀奸臣,触怒皇帝,将被斩,朱云攀门槛不去,以致折断。朱云、陈元达均为忠臣。
③ 摘星楼,极言楼之高。唐李白《夜宿山寺》诗:"危楼高百尺,上可摘星辰。"
④ 留侯,《史记·留侯世家》:张良与高帝始遇于留,因封为留侯。
⑤ 柳腰,唐白居易诗:"樱桃樊素口,杨柳小蛮腰。"校订者按:见唐孟棨《本事诗·事感》。
⑥ 青冢,《归州图经》:胡中多白草,王昭君冢独青,号曰青冢。案,此句有疵,青冢为昭君死后之冢,不当于其生时有青冢之名。

〔驾唱〕

〔斗虾蟆〕当日个谁展英雄手,能枭项羽头,把江山属俺炎刘?全亏韩元帅①九里山前战斗,十大功劳成就。恁也丹墀②里头,柱被金章紫绶③;恁也朱门里头,都宠着歌衫舞袖。恐怕边关透漏,央及家人奔骤。似箭穿着雁口,没个人敢咳嗽。吾当僝僽④,他也、他也红妆年幼,无人搭救。昭君共你每有甚么杀父母冤仇?休休!少不的满朝中都做了毛延寿。我呵,空掌着文武三千队,中原四百州,只待要割鸿沟⑤。陡恁的千军易得,一将难求!

〔常侍云〕见今⑥番使,朝外等宣。〔驾云〕罢罢罢!教番使临朝来。〔番使入见科,云〕呼韩耶单于差臣南来奏大汉皇帝:

---

① 韩元帅,谓淮阴侯韩信。作者主意,在慨叹朝无谋臣战将,故有外患而莫能御。此折特举张良、韩信,以寄其追慕之意。
② 丹墀,汉张衡《西京赋》:"青琐丹墀。"注引《汉官典职》:"丹漆地,故称丹墀。"
③ 金章紫绶,《北史·高闾传》:"宣武践阼,闾累表逊位,优诏授光禄大夫,金章紫绶。"案,金章,金印章。紫绶,紫色之组绶。
④ 僝僽,chánzhòu。《韵藻》:"僝僽,恶言詈也。"今吴音僝误作入声,如云僝浊,意亦谓出言不逊。
⑤ 鸿沟,《史记·项羽本纪》:"中分天下,割鸿沟以西者为汉,鸿沟而东者为楚。"
⑥ 见今,即"现今"。——校订者注

北国与南朝,自来结亲和好。曾两次差人求公主,不与,今有毛延寿,将一美人图,献与俺单于。特差臣来,单索昭君为阏氏,以息两国刀兵。陛下若不从,俺有百万雄兵,刻日南侵,以决胜负,伏望圣鉴不错。〔驾云〕且教使臣馆驿中安歇去。〔番使下〕〔驾云〕您众文武商量,有策献来,可退番兵,免教昭君和番。大抵是欺娘娘软善,若当时吕后在日,一言之出,谁敢违拗!若如此,久已后也不用文武,只凭佳人平定天下便了。〔唱〕

〔哭皇天〕你有甚事疾忙奏,俺无那鼎镬边滚热油。我道您文臣安社稷,武将定戈矛;您只会文武班头,山呼万岁,舞蹈扬尘,道那声诚惶顿首。如今阳关①路上,昭君出塞;当日未央宫②里,女主垂旒。文武每,我不信你敢差排③吕太后。枉以后,龙争虎斗,都是俺鸾交凤友。

〔旦云〕妾既蒙陛下厚恩,当效一死,以报陛下。妾情愿和番,得息刀兵,亦可留名青史。但妾与陛下闺房之情,怎生抛舍也!〔驾云〕我可知舍不的卿哩!〔尚书云〕陛下割恩断

---

① 阳关,《汉书·西域传》:"西域以孝武时始通,……东则接汉,厄以玉门、阳关。"
② 未央宫,《汉书·高帝纪》:"萧何治未央宫。"
③ 差,chāi。差排,元时俗语,犹云排定而差遣之。

爱，以社稷为念，早早发送娘娘去罢。〔驾唱〕

〔乌夜啼〕今日嫁单于宰相休生受。早则俺汉明妃有国难投①。它那里黄云不出青山岫。投至两处凝眸，盼得一雁横秋。单注着寡人今岁揽闲愁。王嫱这运添憔瘦，翠羽冠，香罗绶，都做了锦蒙头暖帽，珠络缝貂裘。

〔云〕卿等今日先送明妃到驿中，交付番使。待明日，朕亲出灞陵桥，送饯一杯去。〔尚书云〕只怕使不的，惹外夷耻笑。〔驾云〕卿等所言，我都依着；我的意思，如何不依？好歹去送一送，我一会家只恨毛延寿那厮。〔唱〕

〔三煞〕我则恨那忘恩咬主贼禽兽，怎生不画在凌烟阁上头？紫台②行都是俺手里的众公侯，有那桩儿不共卿谋？那件儿不依卿奏？争忍教第一夜梦迤逗，从今后不见长安望北斗③，生扭做织女牵牛。

---

① 有国难投，"有家难奔，有国难投"盖当时成语，元曲中常见。
② 紫台，唐杜甫《咏怀古迹》诗其三："一去紫台连朔漠，独留青冢向黄昏。"校订者按：紫台，帝王居住之所。
③ 不见长安望北斗，《晋书·明帝纪》：幼而聪哲，为元帝所宠。年数岁，尝坐置膝前。属长安使来，帝曰："汝谓日与长安孰远？"对曰："长安近。不闻人从日边来，居然可知也。"他日又问之，对曰："日近长安远。"帝惊问其说，对曰："举头见日，不见长安。"唐杜甫《秋兴》诗其二："每依北斗望京华。"本曲谓明妃北去，则不见长安；而帝则不见明妃，但有遥望北斗耳。两地睽隔，如织女牵牛。

〔尚书云〕不是臣等强逼娘娘和番,奈番使定名索取。况自古以来,多有因女色败国者。〔驾唱〕

〔二煞〕虽然似昭君般成败都皆有,谁似这做天子的官差不自由!情知他怎收那膘满的紫骅骝。往常时翠轿香兜,兀自倦朱帘揭绣,上下处要成就。谁承望月自空明水自流,恨思悠悠。

〔旦云〕妾身这一去,虽为国家大计,争奈舍不的陛下。〔驾唱〕

〔黄钟尾〕怕娘娘觉饥时,吃一块淡淡盐烧肉;害渴时,喝一杓儿酪和粥。我索折一枝断肠柳,饯一杯送路酒。眼见得赶程途,趁宿头,痛伤心,重回首,则怕他望不见凤阁龙楼,今夜且则向灞陵桥①畔宿。〔下〕

第三折　用江阳韵

〔番使拥旦上,奏胡乐科,旦云〕妾身王昭君。自从选入宫中,被毛延寿将美人图点破,送入冷宫。甫能得蒙恩幸,又

---

① 灞陵桥,《开元遗事》:"长安东灞桥,来迎去送,皆至此桥,为离别之地,故时人呼之为销魂桥也。"

被他献与番王形像。今拥兵来索，待不去，又怕江山有失，没奈何，将妾身出塞和番。这一去，胡地风霜，怎生消受也！自古道：红颜胜人多薄命，莫怨春风当自嗟。〔驾引文武内官上，云〕今日灞桥饯送明妃，却早来到也。〔唱〕

〔双调新水令〕锦貂裘，生改尽汉宫妆，我则索看昭君，图画模样。旧恩金勒短，新恨玉鞭长。本是对金殿鸳鸯，分飞翼，怎承望！

〔云〕您文武百官计议，怎生退了番兵，免明妃和番者？〔唱〕

〔驻马听〕宰相每商量，大国使还朝多赐赏。早是俺夫妻悒怏①，小家儿出外也摇装②。尚兀自渭城衰柳助凄凉，共那灞桥流水添惆怅。偏您不断肠，想娘娘那一天愁，都攒在琵琶上。

〔做下马科〕〔与旦打悲科〕〔驾云〕左右慢慢唱者，我与明妃饯一杯酒。〔唱〕

---

① 悒怏，忧愁悲伤。——校订者注
② 摇装，南朝梁沈约《却出东西门行》诗："摇装非短晨，还歌岂明发。"校订者按：摇装，古时送别礼俗。远行者择吉日与亲友于泊船处饮宴，之后移船离岸即返，象征已启程，真正离开日期则另行择定。

〔步步娇〕您将那一曲阳关①休轻放,俺咫尺如天样,慢慢的捧玉觞。朕本意待尊前捱些时光,且休问劣了宫商,您则与我半句儿俄延着唱。

〔番使云〕请娘娘早行,天色晚了也。〔驾唱〕

〔落梅风〕可怜俺别离重,你好是归去的忙。寡人心先到他李陵台②上,回头儿却才魂梦里想,便休题贵人多忘③。

〔旦云〕妾这一去,再何时得见陛下?把我汉家衣服都留下者。〔诗云〕正是:今日汉宫人,明朝胡地妾。忍着主衣裳,为人作春色。〔留衣服科〕〔驾唱〕

〔殿前欢〕则什么留下舞衣裳,被西风吹散旧时香。我委实怕宫车④再过青苔巷,猛到椒房⑤,那一会想

---

① 一曲阳关,唐王维《送元二使安西》诗:"渭城朝雨浥轻尘,客舍青青柳色新。劝君更尽一杯酒,西出阳关无故人。"此诗后人常歌之以送别,因末有西出阳关之语,名之为《阳关曲》。
② 李陵,字少卿,李广孙。武帝天汉二年,以步兵五千,出塞击匈奴,屡胜,而汉别五将皆失道,陵卒以兵少为匈奴所虏。在匈奴中二十余年,病死。李陵台,不见于典,盖小说家有是言。
③ 贵人多忘,俗语,今尚通行。或云贵人多忘事。
④ 宫车,唐杜牧《阿房宫赋》:"雷霆乍惊,宫车过也。"
⑤ 椒房,《尔雅翼·释木三》:"椒实多而香,……汉世皇后称椒房。取其实蔓延盈升,以椒涂屋,亦取其温暖。"

菱花镜里妆,风流相,兜的又横心上。看今日昭君出塞,几时似苏武①还乡?

〔番使云〕请娘娘行罢,臣等来多时了也。〔驾云〕罢罢罢!明妃,你这一去,休怨朕躬也。〔做别科,驾云〕我那里是大汉皇帝!〔唱〕

〔雁儿落〕我做了别虞姬②楚霸王,全不见守玉关征西将。那里取保亲的李左车③,送女客的萧丞相④?

〔尚书云〕陛下不必挂念。〔驾唱〕

---

① 苏武,字子卿,平陵侯苏建子。天汉元年,奉使至匈奴,匈奴欲降武而不能,因留武北海上,使牧羝,凡十九年,乃得释归汉。校订者按:羝,公羊。
② 虞姬,《史记·项羽本纪》:汉军围项羽垓下,羽夜闻汉军四面皆楚歌,惊曰:"汉皆已得楚乎?是何楚人之多也?"项王有美人名虞,常幸从;骏马名骓,常骑之。乃夜起饮帐中,自为诗曰:"力拔山兮气盖世,时不利兮骓不逝。骓不逝兮可奈何,虞兮虞兮奈若何!"乃与数千骑直夜溃围,南出驰去。
③ 李左车,《汉书·韩信传》:韩信以兵数万下井陉击赵,赵王歇聚兵井陉口。广武君李左车说赵王歇深沟高垒而与战。歇不听,为韩信所败。韩信生得李左车,师事之。史无保亲事,或系小说家言。
④ 萧丞相,《汉书·萧何传》:萧何,沛人,为沛主吏掾,数以吏事护高祖。汉王王汉中,以萧何为丞相。汉既灭楚,封为酂侯,功第一。史无送女客事,或亦小说家言。本剧以国无谋臣良相故不能御外侮为主旨,举李左车、萧丞相,所以寄慨也。

〔得胜令〕他去也不沙架海紫金梁①,枉养着那边庭上铁衣郎。您也要左右人扶侍,俺可甚糟糠妻下堂②?您但提起刀枪,却早小鹿儿心头撞。今日央及煞娘娘,怎做的男儿当自强!

〔尚书云〕陛下,咱回朝去罢。〔驾唱〕

〔川拨棹〕怕不待放丝缰,咱可甚鞭敲金镫响③。你管燮理阴阳④,掌握朝纲,治国安邦,展土开疆。假若俺高皇,差你个梅香,背井离乡,卧雪眠霜。若是他不恋恁春风画堂,我便官封你一字王。

〔尚书云〕陛下不必苦死留他,着他去了罢。〔驾唱〕

---

① 架海紫金梁,元时俗语,谓能担大任者。元关汉卿《钱大尹智宠谢天香》杂剧:"相公是架海紫金梁。"梁,桥。桥而架海,极言其长;桥为紫金所造,极言其固。
② 糟糠妻下堂,《后汉书·宋弘传》:光武帝姊湖阳公主新寡,帝与共论朝臣,以观其意。主曰:"宋弘威容德器,群臣莫及。"帝曰:"方且图之。"后弘被召见,帝令主坐屏风后,因谓弘曰:"谚言'贵易交,富易妻',人情乎?"弘曰:"臣闻'贫贱之交不可忘,糟糠之妻不下堂'。"帝顾谓主曰:"事不谐矣。"
③ 鞭敲金镫响,小说中成语有"鞭敲金镫响,人唱凯歌还"。
④ 燮,xiè。燮理阴阳,《尚书·周官》:"立大师、大傅、大保,兹惟三公,论道经邦,燮理阴阳。"

〔七弟兄〕说甚么大王，不当，恋王嫱，兀良①！怎禁他临去也回头望！那堪这散风雪旌节影悠扬，动关山鼓角声悲壮。

〔梅花酒〕呀！俺向着这迥野悲凉。草已添黄，色早迎霜。犬褪得毛苍，人搠起缨枪，马负着行装，车运着糇粮，打猎起围场。他他他，伤心辞汉主；我我我，携手上河梁。他部从入穷荒，我銮舆返咸阳。返咸阳，过宫墙；过宫墙，绕回廊；绕回廊，近椒房；近椒房，月昏黄；月昏黄，夜生凉；夜生凉，泣寒螀；泣寒螀，绿纱窗；绿纱窗，不思量。

〔收江南〕呀！不思量，除是铁心肠。铁心肠，也愁泪滴千行。美人图今夜挂昭阳，我那里供养，便是我高烧银烛照红妆。

〔尚书云〕陛下回銮罢，娘娘去远了也。〔驾唱〕

〔鸳鸯煞〕我煞②大臣行，说一个推辞谎，又则怕

---

① 兀良，元时俗语，形容口絮之词。元郑庭玉《包龙图智勘后庭花》杂剧第二折〔斗虾蟆〕曲中有云："滴羞跌屑怕怖，乞留兀良口絮。"滴羞跌屑，形容怕怖；乞留兀良，形容口絮。此处用兀良，盖有声而无义。

② 我煞，此二字不可解，疑有脱误。

笔尖儿,那火①编修讲。不见他花朵儿精神,怎趁那草地里风光?畅道②伫立多时,徘徊半晌,猛听的塞雁南翔,呀呀的声嘹亮,却原来满目牛羊,是兀那载离恨的毡车半坡里响。〔下〕

〔番王引部落拥昭君上,云〕今日,汉朝不弃旧盟,将王昭君与俺番家和亲。我将昭君封为宁胡阏氏,坐我正宫。两国息兵,多少是好。众将士,传下号令,大众起行,望北而去。〔做行科〕〔旦问云〕这里甚地面了?〔番使云〕这是黑龙江,番汉交界去处。南边属汉家,北边属我番国。〔旦云〕大王,借一杯酒,望南浇奠,辞了汉家,长行去罢。〔做奠酒科,云〕汉朝皇帝,妾身今生已矣,尚待来生也。〔做跳江科〕〔番王惊救不及,叹科,云〕嗨!可惜可惜!昭君不肯入番,投江而死。罢罢罢!就葬在此江边,号为青冢者。我想来人也死了,枉与汉朝结下这般仇隙,都是毛延寿那厮搬弄出来的。把都儿③,将

---

① 火,《木兰辞》:"出门看火伴,火伴皆惊忙。"今谓合作一事曰同伙,同伙即同火。
② 畅道,元曲中语助词,《后庭花》剧有句云"畅道杀人贼不在海角天涯",畅道意谓酌量其大概而言之。臧刊本作"唱道伫立多时","唱"与"畅"虽同为假借字,然他处通用畅道,则此处不当独作唱道,故改从一律。
③ 把都儿,勇士,武士。蒙古语音译。——校订者注

毛延寿拿下，解送汉朝处治。我依旧与汉朝结和，永为甥舅，却不是好！〔诗云〕则为他丹青画误了昭君，背汉主暗地私奔。将美人图又来哄我，要索取出塞和亲。岂知道投江而死，空落的一见消魂。似这等奸邪逆贼，留着他终是祸根。不如送他去汉朝哈喇，依还的甥舅礼两国长存。〔下〕

第四折　用庚亭韵

〔驾引内官上，云〕自家汉元帝。自从明妃和番，寡人一百日不曾设朝。今当此夜景萧索，好生烦恼。且将这美人图挂起，少解闷怀也呵。〔唱〕

〔中吕粉蝶儿〕宝殿凉生，夜迢迢六宫①人静。对银台一点寒灯，枕席间，临寝处，越显的吾身薄幸②。万里龙廷③，知他宿谁家，一灵真性。

〔云〕小黄门，你看炉香尽了，再添上些香。〔唱〕

〔醉春风〕烧尽御炉香，再添黄串饼。想娘娘似

---

① 六宫，《周礼·天官·内宰》："以阴礼教六宫。"注引郑司农云："后五前一。"
② 薄幸，唐杜牧《遣怀》诗："十年一觉扬州梦，赢得青楼薄幸名。"
③ 龙廷，亦作"龙庭"，单于所居。汉班固《封燕然山铭》："蹑冒顿之区落，焚老上之龙庭。"

竹林寺[①]不见半分形，则留下这个影影。未死之时，在生之日，我可也一般恭敬。

〔云〕一时困倦，我且睡些儿。〔唱〕

〔叫声〕高唐[②]梦，苦难成。那里也爱卿、爱卿，却怎生无些灵圣？偏不许楚襄王，枕上雨云情。

〔做睡科〕〔旦上，云〕妾身王嫱。和番到北地，私自逃回，兀的不是我主人！陛下，妾身来了也。〔番兵上，云〕恰才我打了个盹，王昭君就偷走回去了。我急急赶来，进的汉宫，兀的不是昭君！〔做拿旦，下〕〔驾醒科，云〕恰才见明妃回来，这些儿如何就不见了？〔唱〕

〔剔银灯〕恰才这搭儿单于王使命，呼唤俺那昭君名姓。偏寡人唤娘娘不肯灯前应，却原来是画上的丹青。猛听得仙音院，凤管鸣，更说甚，萧韶九成。

〔蔓青菜〕白日里，无承应，教寡人不曾一觉到

---

① 竹林寺，《金台集》："竹林寺，金熙宗驸马宫也。寺僧云：一塔无影。"
② 高唐，战国楚宋玉《高唐赋》序："楚襄王与宋玉游于云梦之台，望高唐之观，其上独有云气……。王问玉曰：'此何气也？'玉对曰：'所谓朝云者也。'"

天明,做的个团圆梦境。〔雁叫科〕〔唱〕却原来雁叫长门两三声,怎知道更有个人孤另。

〔雁叫科〕〔唱〕

〔白鹤子〕多管是春秋高,筋力短;莫不是食水少,骨毛轻?待去后,愁江南网罗宽;待向前,怕塞北雕弓硬。

〔幺篇〕伤感似替昭君思汉主,哀怨似作《薤露》①哭田横②,凄怆似和半夜楚歌声,悲切似唱三叠《阳关令》。

〔雁叫科〕〔云〕则被那泼毛团③,叫的凄楚人也。〔唱〕

〔上小楼〕早是我神思不宁,又添个冤家缠定。他叫得慢一会儿,紧一声儿,和尽寒更。不争你打

---

① 《薤露》,古送丧之曲。战国楚宋玉《对楚王问》:"客有歌于郢中者,其始曰《下里》《巴人》,国中属而和者数千人。其为《阳阿》《薤露》,国中属而和者数百人。"校订者按:和,hè。
② 田横,《汉书·田儋传》:儋从弟荣,荣弟横,皆豪杰宗强,能得人。韩信破灭齐,田横与其徒属五百余人入海居岛中。高帝使召之,曰:"横来,大者王,小者侯。"横乃与客二人诣雒阳。谓其客曰:"横始与汉王俱南面称孤,今北面事之,愧已甚矣。"遂自刭。海中五百人闻横死,皆自杀。
③ 泼毛团,俗语,詈禽兽之词。

盘旋，这搭里同声相应①，可不差讹了四时节令？

〔幺篇〕你却待寻子卿②，觅李陵。对着银台，叫醒咱家，对影生情。则俺那远乡的汉明妃，虽然得命，不见你个泼毛团，也耳根清净。

〔雁叫科〕〔云〕这雁儿呵。〔唱〕

〔满庭芳〕又不是心中爱听，大古③似林风瑟瑟，岩溜泠泠。我只见山长水远天如镜，又生怕误了你途程。见被你冷落了潇湘暮景，更打动我边塞离情。还说甚雁过留声，那堪更瑶阶夜永，嫌杀月儿明。

〔黄门云〕陛下省烦恼，龙体为重。〔驾云〕不由我不烦恼也。〔唱〕

〔十二月〕休道是咱家动情，你宰相每④也生憎。不比那雕梁燕语，不比那锦树莺鸣。汉昭君离乡背井，知他在何处愁听？

〔雁叫科〕〔唱〕

---

① 同声相应，《周易·乾卦》文言："同声相应，同气相求，……云从龙，风从虎，圣人作而万物睹。"
② 子卿，苏武之字。——校订者注
③ 大古，俗语，意犹大概、大都，此"古"字似为"概都"两字之合音。
④ 每，语助词。今通用"们"。们，新造字；每，假借字。

〔尧民歌〕呀呀的飞过蓼花汀,孤雁儿不离了凤凰城。画檐间铁马响丁丁,宝殿中御榻冷清清,寒也波更①,萧萧落叶声,烛暗长门静。

〔随煞〕一声儿绕汉宫,一声儿寄渭城,暗添人白发成衰病,直恁的吾家可也劝不省。

〔尚书上,云〕今日早朝散后,有番国差使命绑送毛延寿来,说因毛延寿叛国败盟,致此祸衅。今昭君已死,情愿两国讲和。伏候圣旨。〔驾云〕既如此,便将毛延寿斩首祭献明妃。着光禄寺大排筵席,犒赏来使回去。〔诗云〕叶落深宫雁叫时,梦回孤枕夜相思。虽然青冢人何在,还为蛾眉斩画师。

题目　沉黑江明妃青冢恨
正名　破幽梦孤雁汉宫秋

---

① 也波,语助词。亦书作"也么"。虽有其词,而无意义。寒也波更,犹云寒更。

李逵负荆杂剧提要

此剧极意描写鲁莽人处事之冒失。其所构之事实，谓李逵因清明节假下山，至王林小酒店中沽饮。适王林之女为二强人所劫去，此强人一冒宋江名，一冒鲁智深名。王林不识宋江、鲁智深，以为真宋江、鲁智深也，以语李逵。李逵不察，即以为真宋江、鲁智深而有劫女事也，还责宋江、鲁智深。宋江雅言无此事，而李逵不信，因与李逵约至王林处质对，以断头相要，李逵从之。及质于王林，则劫女者非宋江、鲁智深也，此鲁莽冒失之李逵，当断头矣。李逵乃负荆请鞭，而求免断头，宋江未许。适冒名之宋江、鲁智深偕所劫女复至王林处，王林醉之以酒，而走报梁山寨，宋江命李逵擒斩之，免李逵。宋江、鲁智深、李逵，名见《水浒记》,《水浒记》无李逵负荆事。《水浒》本属臆造,兹又臆造之臆造,不当以《水浒》为考据之正本而议此剧也。

凡人之所以成为鲁莽者,首在事实未审而先下判断,才有判断,急欲行其办法,而办法则又过其判断之所当。具此三条件,乃完成为鲁莽人。作曲者深明此种心理,故所描写处无不尽神入妙。

濡滞者废事,暴烈者偾①事。为濡滞者言,当策以孟晋②;为暴烈者言,当抑以慎审。慎审之法:一事至前,毋遽以我意悬揣而骤断,务先求事实之真相。既得真相,可以断此事之是非矣。然所以处理之者,惟求得其当,而切戒过其当。能如是也,则勇往莫御之概,正所以为建功立业之资,又岂有暴烈之病乎?观此本,可以知所鉴戒矣。

---

① 偾,fèn,败坏。——校订者注
② 孟晋,努力进取。——校订者注

梁山泊李逵负荆杂剧

元棣州康进之撰

明吴兴臧晋叔原刊

第一折 用鸠侯韵

〔冲末扮宋江,同外扮吴学究、净扮鲁智深领卒子上,宋江诗云〕涧水潺潺绕寨门,野花斜插渗青巾。杏黄旗上七个字,替天行道救生民。某姓宋,名江,字公明,绰号顺天呼保义者是也。曾为郓州郓城县把笔司吏,因带酒杀了阎婆惜,迭配江州牢城。路经这梁山过,遇见晁盖哥哥,救某上山。后来哥哥三打祝家庄身亡,众兄弟推某为头领。某聚三十六大伙、七十二小伙、半垓①来的小偻儸,威镇山东,令行河北。某喜

---

① 垓,gāi,古时计数单位,万万为垓。此处夸口人数众多。——校订者注

的是两个节令:清明三月三、重阳九月九。如今遇这清明三月三,放众兄弟下山,上坟祭扫。三日已了,都要上山;若违令者,必当斩首。〔诗云〕俺威令谁人不怕?只放你三日严假。若违了半个时辰,上山来绝无干罢。〔下〕〔老王林上,云〕曲律竿头悬草稕①,绿杨影里拨琵琶。高阳②公子休空过,不比寻常卖酒家。老汉姓王名林,在这杏花庄居住,开着一个小酒务儿③,做些生意。嫡亲的三口儿家属,婆婆早年亡化过了,止有一个女孩儿,年长十八岁,唤做满堂娇,未曾许聘他人。俺这里靠着这梁山较近,但是山上头领,都在俺家买酒吃。今日烧的镟锅儿热着,看有甚么人来。〔净扮宋刚、丑扮鲁智恩上〕〔宋刚云〕柴又不贵,米又不贵。两个油嘴,正是一对。某乃宋刚,这个兄弟叫做鲁智恩。俺与这梁山泊较近,俺两个则是假名托姓,我便认做宋江,兄弟便认做鲁智深,来到这杏花庄老王林家,买一钟酒吃。〔见王林科,云〕老王林,有酒么?〔王林云〕哥哥,有酒有酒,家里请坐。〔宋刚云〕打五百长钱酒来。老王林,你认得我两人么?〔王林云〕我老汉眼花,不认

---

① 稕,dùn,草圈,挂于竿头作为店招。——校订者注
② 高阳,《史记·郦生陆贾列传》:"郦生瞋目案剑叱使者曰:'走!复入言沛公,吾高阳酒徒也。'"
③ 酒务儿,犹言酒店。元曲中每言酒务,盖俗语如此。

的哥哥们。〔宋刚云〕俺便是宋江，这个兄弟便是鲁智深。俺那山上头领，多有来你这里打搅，若有欺负你的，你上梁山来告我，我与你做主。〔王林云〕你山上头领，都是替天行道的好汉，并没有这事。只是老汉不认的太仆，休怪休怪。早知太仆来到，只合远接，接待不及，勿令见罪。老汉在这里，多亏了头领哥哥，照顾老汉。〔做递酒科，云〕太仆请满饮此杯。〔宋刚饮科〕〔王林云〕再将酒来。〔鲁智恩饮酒科，云〕哥哥好酒。〔宋刚云〕老王，你家里还有甚么人？〔王林云〕老汉家中并无甚么人，有个女孩儿，唤做满堂娇，年长一十八岁，未曾许聘他人。老汉别无甚么孝顺，着孩儿出来，与太仆递钟酒儿，也表老汉一点心。〔宋刚云〕既是闺女，不要他出来罢。〔鲁智恩云〕哥哥怕甚么，着他出来。〔王林云〕满堂娇孩儿，你出来。〔旦儿扮满堂娇云〕父亲唤我做甚么？〔王林云〕孩儿，你不知道，如今有梁山上宋公明亲身在此，你出来递他一钟儿酒。〔旦儿云〕父亲，则怕不中么？〔王林云〕不妨事。〔旦儿做见科〕〔宋刚云〕我一生怕闻脂粉气，靠后些。〔王林云〕孩儿，与二位太仆递一钟儿酒。〔旦做递酒科〕〔宋刚云〕我也递老王一钟酒。〔做与王林酒科〕〔宋刚云〕你这老人家，这衣服怎么破了？把我这红绢褡膊与你补这破处。〔老王林接衣科〕〔鲁智恩云〕你还不知道？才此这杯酒是肯酒，这褡膊是红定①,把你这女孩儿与俺宋公明哥哥做压寨夫人,只借你女孩去三日,第四日便送来还你,俺回山去也。〔领旦下〕〔王林云〕老汉眼睛一对,臂膊一双,只看着这个女孩儿,似这般,可怎么了也?〔做哭科〕〔正末扮李逵做带醉上,云〕吃酒不醉,不如醒也。俺梁山泊上山儿李逵的便是。人见我生得黑,起个绰号叫俺做黑旋风。奉宋公明哥哥将令,放俺三日假限,踏青赏玩,不免下山,去老王林家,再买几壶酒,吃个烂醉也呵。〔唱〕

〔仙吕点绛唇〕饮兴难酬,醉魂依旧。寻村酒,恰问罢王留②。〔云〕俺问王留道:"那里有酒?"那厮不说便走,俺喝道:"走那里去!"被俺赶上,一把揪住张口毛③,恰待要打,那王留道:"休打休打!爹爹,有。"〔唱〕王留道兀那里人家有。

〔混江龙〕可正是清明时候,却言风雨替花愁。和风渐起,暮雨初收。俺则见杨柳半藏沽酒市,桃花深映钓鱼舟。更和这碧粼粼春水波纹绉,有往来社燕,远近沙鸥。

---

① 肯酒、红定,盖定婚时礼节之名。
② 王留,元曲中名小儿,每曰沙三、王留,盖当时普通以之名小孩者。
③ 张口毛,胡须。——校订者注

〔云〕人道我梁山泊无有景致,俺打那厮的嘴。〔唱〕

〔醉中天〕俺这里**雾锁着青山秀,烟罩定绿杨洲**。〔云〕那桃树上一个黄莺儿,将那桃花瓣儿唊阿唊阿,唊的下来,落在水中,是好看也。我曾听的谁说来?我试想咱,哦!想起来了也,俺学究哥哥道来。〔唱〕他道是**轻薄桃花逐水流**。〔云〕俺绰起这桃花瓣儿来,我试看咱,好红红的桃花瓣儿,〔做笑料,云〕你看我好黑指头也。〔唱〕**恰便是粉衬的这胭脂透**。〔云〕可惜了你这瓣儿,俺放你趁那一般的瓣儿去。我与你赶,与你赶,贪赶桃花瓣儿,〔唱〕**早来到这草桥店垂杨的渡口**。〔云〕不中,则怕误了俺哥哥的将令,我索回去也。〔唱〕待不吃呵,又被这**酒旗儿将我来相迤逗**。他他他,**舞东风在曲律杆头**。

〔云〕兀那王林,有酒么?不则这般白吃你的,与你一抄碎金子,与你做酒钱。〔王林做采泪科,云〕要他那碎金子做甚么?〔正末笑科,云〕他口里说不要,可揣在怀里。老王,将酒来。〔王林云〕有酒有酒。〔做筛酒科〕〔正末云〕我吃这酒在肚里,则是翻也翻的。不吃,更待干罢。〔唱〕

〔油葫芦〕往常时**酒债寻常行处有**①,十欠着九。

---

① 酒债寻常行处有,出自唐杜甫《曲江》诗其二。

〔带云〕老王也!〔唱〕则你这杏花庄压尽他谢家楼①。你与我便熟油般造下春醅酒,你与我花羔般煮下肥羊肉。一壁厢肉又熟,一壁厢酒正筹②,抵多少锦封未拆香先透,我则待乘兴饮两三瓯。

〔天下乐〕可正是一盏能消万种愁。〔云〕老王也,咱吃了这酒呵,〔唱〕把烦恼都也波丢,都丢在脑背后,这些时吃一个没了休。〔带云〕我醉了呵,〔唱〕遮莫我倒在路边,遮莫我卧在瓮头③。〔做吐科,云〕老王俫,〔唱〕直醉的来在这搭里呕。

〔云〕老王,这酒寒,快镟热酒来。〔王林云〕老汉知道。〔做换酒科,哭云〕我那满堂娇儿也!〔正末云〕快酾热酒来。〔王林又哭云〕我那满堂娇儿也!〔正末云〕老王,我不曾与你酒钱来?你怎么这般烦恼?〔王林云〕哥哥,不干你事,我自有撇不下的烦恼哩,你则吃酒。〔正末唱〕

〔赏花时〕咱两个尊前语话投,今日呵,为

---

① 谢家楼,唐张九龄诗:"谢公楼上好醇酒,二百青蚨买一斗。"
② 筹,chōu。唐皮日休《奉和鲁望新夏东郊闲泛》诗:"黄篾楼中挂酒筹。"案,酒筹,竹篾编成,新酒熟,以筹漉去其糟。
③ 卧瓮头,晋毕卓旷放,比舍郎酿熟,卓夜至瓮间盗饮,醉卧,为其掌者所缚,明旦视之,乃毕吏部。

甚将咱伴不偢?〔王林云〕你不知道,我自嫁我的女孩儿,为此着恼。〔正末唱〕哎!你个呆老子畅好是忒抌搜①。〔云〕比似你这般烦恼,休嫁他不的。〔王林哭科,云〕哎哟!我那满堂娇儿也!〔正末唱〕你何不养着他到苍颜皓首?〔云〕你晓的世上有三不留么?〔王林云〕哥,是那三不留?〔正末云〕蚕老不中留,人老不中留,〔唱〕呆老子!常言道女大不中留。

〔云〕我问你:那女孩儿,嫁了个甚么人?〔王林云〕哥,我那女孩儿嫁人,我怎么烦恼?则是晦气,被一个贼汉夺将去了。〔正末做打科,云〕你道是贼汉,是我夺了你女孩儿来?〔唱〕

〔金盏儿〕我这里猛睁眸,他那里巧舌头,是非只为多开口。但半星儿虚谬,恼翻我怎干休!一把火将你那草团瓢②烧成为腐炭,盛酒瓮摔做碎瓷瓯。〔带云〕绰起俺两把板斧来,〔唱〕砍折你那蟠根桑枣树,活杀您那阔角水黄牛。

〔云〕兀那老王!你说的是,万事皆休;说的不是,我

---

① 抌,chōu。抌搜,俗语,有将持而不肯释手之意。
② 团瓢,草舍。元何中《涿州道间雪霁》诗:"团瓢忽鸡鸣。"

不道的饶你哩！〔王林云〕太仆停嗔息怒，听老汉漫漫的说与你听。有两个人来吃酒，他说我一个是宋江，一个是鲁智深。老汉便道，正是梁山泊上太仆，我无甚孝顺，我只一个十八岁女孩儿，叫做满堂娇，着他出来拜见，与太仆递一杯儿酒，也表老汉的一点心。我叫出我那女孩儿来，与那宋江、鲁智深递了三杯酒。那宋江也回递了我三钟酒，他又把红褡膊揣在我怀里，那鲁智深说：这三钟酒是肯酒，这红褡膊是红定。俺宋江哥哥，有一百八个头领，单只少一个人哩。你将这十八岁的满堂娇与俺哥哥做个压寨夫人。则今日好日辰，俺两个便上梁山泊去也。许我三日之后，便送女孩儿来家。他两个说罢，就将女孩儿领去了。老汉偌大年纪，眼睛一对，臂膊一双，则觑着我那女孩儿。他平白地把我女孩儿强抢将去，哥！教我怎么不烦恼？〔正末云〕有甚么见证？〔王林云〕有红绢褡膊便是见证。〔正末云〕我待不信来，那个士大夫有这东西！老王，你做下一瓮好酒，宰下一个好牛犊儿，只等三日之后，我轻轻的把着手儿，送将你那满堂娇孩儿来家，你意下如何？〔王林云〕哥，你若送将我那女孩儿来家，老汉莫要说一瓮酒、一个牛犊儿，便杀身也报答大恩不尽。〔正末唱〕

〔赚煞〕管着你目下见仇人，则不要口似无梁斗①,一句句言如劈竹。〔带云〕宋江俫,〔唱〕不争你这一度风流,倒出了一度丑。誓今番泼水难收,到那里问缘由,怎敢便信口胡诌?则要你肚囊里揣着状本熟②,不要你将无来作有,则要你依前来依后③。〔云〕我如今回去,见俺宋公明,数说他这罪过,就着他辞了三十六大伙、七十二小伙、半垓来小偻儸,同着鲁智深,一径离了山寨,到你庄上。那时节,我若叫你出来,你可休似乌龟一般缩了头,再也不肯出来。〔王林云〕老汉若不见他,万事休论;我若见了他,我认的他两个,恨不的咬掉他一块肉来。我怎么肯不出见他?〔正末云〕老王,兀的不是俺宋江哥哥,他道没也。老儿,俺斗你耍哩。〔唱〕你可也**休翻做了镴枪头**④。〔下〕

〔王林云〕李逵哥哥去了,我也收拾过铺面,专等三日之后,送满堂娇孩儿来家。满堂娇孩儿,则被你痛杀我也。〔下〕

---

① 口似无梁斗,《纪异录》:"高骈命酒佐薛涛改一字令。骈曰:'口,有似没梁斗。'涛曰:'川,有似三条椽。'公曰:'奈何一条曲?'涛曰:'相公尚使没梁斗,穷酒佐三条椽,一条曲,又何足怪!'"
② 状本熟,讼者之词呈曰状本,盖以宋江被告,而王林为原告,欲其牢记原呈词。
③ 依前依后,谓执词始终不变。
④ 镴枪头,枪头当坚硬,镴制枪头则徒有其形而不坚。《西厢》曲文亦有云"银样镴枪头"。盖元时俗语。

第二折　机微韵。用此韵者，与支时韵、灰回韵每有混杂方音异也

〔宋江同吴学究、鲁智深领卒子上〕〔宋江诗云〕旗帜无非人血染，灯油尽是脑浆熬。鸦衔肝肺扎煞尾，狗啃骷髅抖搜毛。某乃宋江是也。因清明节令，放众头领下山踏青赏玩去了。今日可早三日光景也，在那聚义堂上，三通鼓罢，都要来齐。小偻儡，寨门首觑者，看是那一个先来。〔卒子云〕理会得。〔正末上，云〕自家李山儿的便是。将着这红褡膊，见宋江走一遭来。〔唱〕

〔正宫端正好〕抖搜着黑精神，扎煞开黄髭髯，则今番不许收拾。俺可也磨拳擦掌，行行里，按不住莽撞心头气。

〔滚绣球〕宋江咮，这是甚所为？甚道理？不知他主着何意，激的我怒气如雷。可不道他是谁我是谁，俺两个半生来岂有些嫌隙？到今日却做了日月交食。不争几句闲言语，我则怕恶识多年旧面皮，展转猜疑。

〔云〕小偻儡报复去，道我李山儿来了也。〔卒子做报科，云〕喏，报的哥哥得知，有李山儿来了也。〔宋江云〕着他过

来。〔卒子云〕着过去。〔做见科〕〔正末云〕学究哥哥，喏。帽儿光光，今日做个新郎；袖儿窄窄，今日做个娇客①。俺宋公明在那里？请出来和俺拜两拜。俺有些零碎金银在这里，送与嫂嫂做拜见钱。〔宋江云〕这厮好无礼也！与学究哥哥施礼，不与我施礼。这厮胡言乱语的，有甚么说话？〔正末唱〕

〔倘秀才〕哎！你个刎颈的知交②庆喜。〔宋江云〕庆什么喜？〔正末唱〕则你那压寨的夫人在那里？〔指鲁智深科，云〕秃驴，你做的好事来！〔唱〕打干净球儿③不道的走了你。〔宋江云〕怎么？智深兄弟，也有你那？〔正末唱〕强赌当，硬支持，要见个到底。

〔宋江云〕山儿，你下山去，有什么事？何不就明对我说？〔正末做恼不言语科〕〔宋江云〕山儿，既然不好和我说，你就对学究哥哥根前说波。〔正末唱〕

〔滚绣球〕俺哥哥要娶妻，这秃厮会做媒。〔宋江云〕智深兄弟，说你曾做什么媒来？〔鲁智深云〕你看这厮，到山下去噇④了多少酒！醉的来似踹不杀的老鼠一般，知他支

---

① 帽儿光光四句，元时俗语，嘲新婚男之辞。
② 刎颈的知交，《史记·张耳陈馀列传》："相与为刎颈交。"
③ 干净球儿，踢球者，球着足则远扬，喻置身事外。智深既为媒，则自身不能干净。智深为僧，首无发，故以球比之。
④ 噇，chuáng，吃喝无节制。——校订者注

支的说甚么哩。〔正末唱〕元来个梁山泊有天无日。〔做拔斧斫旗科〕〔唱〕就恨不斫倒这一面黄旗。〔众做夺斧科〕〔宋江云〕你这铁牛,有什么事也不查个明白,就提起板斧来,要斫倒我杏黄旗,是何道理?〔学究云〕山儿,你也忒口快心直哩。〔正末唱〕你道我忒口快心直,还待要献勤出力。〔做喊科云〕众兄弟们都来!〔宋江云〕都来做甚么?〔正末唱〕则不如做个会六亲庆喜的筵席。〔宋江云〕做甚么筵席?〔正末唱〕走不了你个撮合山①师父唐三藏②,更和这新女婿郎君,哎!你个柳盗跖③,看那个便宜。

〔宋江云〕山儿,你下山,在那里吃酒?遇着甚人?想必说我些甚。你从头儿说,则要说的明白。〔正末唱〕

〔倘秀才〕不争你抢了他花朵般青春艳质,这其间抛闪杀那草桥店白头老的。〔宋江云〕这事其中必有暗昧。

---

① 撮合山,谓作媒者。
② 唐三藏,唐玄奘,号三藏法师。
③ 跖,zhí。柳盗跖,《史记·伯夷列传》:"盗跖日杀不辜,肝人之肉,暴戾恣睢,聚党数千人,横行天下。"或曰盗跖为柳下惠之兄。案,柳下惠,姓展氏,曰展禽。展,鲁公子无骇之后;柳下,所居;惠,其谥。柳下本非姓,则盗跖更不能冒柳为姓,此曰柳盗跖,乃文人游戏之笔。

〔正末唱〕这桩事分明甚暗昧,生割舍,痛悲凄。〔带云〕宋江咦,〔唱〕他其实怨你。

〔宋江云〕元来是老王林的女孩儿,说我抢将来了。休道不是我,便是我抢将来,那老子可是喜欢也?是烦恼?你说我试听。〔正末唱〕

〔叨叨令〕那老儿,一会家,便哭啼啼在那茅店里,〔带云〕觑着山寨,宋江,好恨也!〔唱〕他这般急张拘诸的立。那老儿,一会家,便怒吽吽在那柴门外,〔带云〕哭道:我那满堂娇儿也!〔唱〕他这般乞留曲律的气。〔宋江云〕他怎生烦恼那?〔正末唱〕那老儿,一会家,便闷沉沉在那酒瓮边,〔带云〕那老儿,拿起瓢来,揭开蒲墩,舀一瓢冷酒来,汨汨的咽了!〔唱〕他这般迷留没乱的醉。那老儿,托着一片席头,便慢腾腾放在土坑上,〔带云〕他出的门来,看一看,又不见来,哭道:我那满堂娇儿也!〔唱〕他这般壹留兀渌的睡①。似这般过不的也么哥②,似这般过不的也么哥。〔宋江

---

① 急张拘诸、乞留曲律、迷留没乱、壹留兀渌,皆形容词,当依声会意,不可即字求解。校订者按:急张拘诸,手足无措貌;乞留曲律,呼吸急促粗重貌;迷留没乱,神志不清貌;壹留兀渌,鼾声粗重貌。
② 也么哥,曲调助音,犹于芳于、阿得脂、尾呼豨之类。无字义可解。〔叨叨令〕末句之上,例有也么哥两句。

云〕这厮怎的?〔正末唱〕**他道俺梁山泊水不甜人不义。**

〔宋江云〕学究兄弟,想必有那依草附木,冒着俺家名姓,做这等事情的,也不可知。只是山儿也该讨个显证,才得分晓。〔正末云〕有有有,这红褡膊不是显证?〔宋江云〕山儿,我今日和你打个赌赛。若是我抢将他女孩儿来,输我这六阳会首①;若不是我,你输些甚么?〔正末云〕哥,你与我赌头?罢!您兄弟摆一席酒。〔宋江云〕摆一席酒到好了,你须要配得上我的。〔正末云〕罢罢罢!哥,倘若不是你,我情愿纳这颗牛头。〔宋江云〕既如此,立下军状,学究兄弟收着。〔正末云〕难道花和尚就饶了他?〔鲁智深云〕我这光头不赌他罢,省的你叫不利市。〔做立状科〕〔正末唱〕

〔一煞〕则为你**两头白面**②搬兴废,转背言词说是非,这厮敢狗行狼心,**虎头蛇尾**③。不是我**节外生枝**④,**囊里盛锥**⑤。谁着你夺人爱女,逞己风流,被咱

---

① 六阳会首,医书云头为六阳之首。六阳,谓手三阳、足三阳。
② 两头白面,谓做事表里不一,两面掩饰,如白面之有两头。元时俗语有此。
③ 虎头蛇尾,成语,谓有始无终。
④ 节外生枝,成语,谓旁歧多事。
⑤ 囊里盛锥,《史记·平原君虞卿列传》:"平原君曰:'夫贤士之处世也,譬若锥之处囊中,其末立见。'"

都知。〔宋江云〕你看黑牛,这村沙样势①那。〔正末唱〕休怪我村沙样势,平地上起孤堆②。

〔宋江云〕若不是我呵,我不道的饶了你哩。〔正末唱〕

〔黄钟尾〕那怕你指天画地能瞒鬼,步线行针③待哄谁?又不是不精细,又不是不伶俐。〔宋江云〕我和你就下山去。〔正末唱〕下山寨,到那里,李山儿,共质对,认的真,觑的实,割你头,塞你嘴。〔宋江云〕这铁牛怎敢无礼!〔正末唱〕非铁牛敢无礼,既赌赛,怎翻悔?莫说这三十六英雄,一个个都是弟兄辈。〔云〕众兄弟每都来听着!〔宋江云〕你着他听什么?〔正末云〕俺如今和宋江、鲁智深同到那杏花庄上,只等那老王林道出一个是字儿,你那做媒的花和尚,休要怪我一斧分开两个瓢,谁着你拐了一十八岁满堂娇,单把宋江一个留将下,待我亲手伏侍哥哥这一遭。〔宋江云〕你怎生伏侍我?〔正末云〕我伏侍你!我伏侍你!一只手揪住衣领,一只手

---

① 村沙样势,俗语以不俊雅者为村气。沙,语助词。村沙,谓粗俗。样势,犹言形状。简亦作村沙势。
② 平地起孤堆,犹言平地起风波,盖成语亦有此。
③ 步线行针,唐杜甫《白丝行》诗:"美人细意熨贴平,裁缝灭尽针线迹。"步线行针,谓所行事欲其如针线之灭迹,而未可得。

揝住腰带,滴溜扑!摔个一字,阔脚板踏住胸脯,举起我那板斧来,觑着脖子上,可叉①![唱]便跳出你那七代先灵,也将我来劝不得。[下]

〔宋江云〕山儿去了也。小偻㑩,鞴两匹马来,某和智深兄弟亲下山寨,与老王林质对去走一遭。〔诗云〕老王林出乖露丑,李山儿将没做有。如今去杏花庄前,看谁输六阳会首。[同下]

第三折 用萧豪韵

〔王林做哭上云〕我那满堂娇儿也,则被你想杀我也!老汉王林,被那两个贼汉,将我那女孩儿抢将去了,今日又是三日也。昨日有那李逵哥哥去梁山上寻那宋江、鲁智深,要来对证这一桩事哩。老汉如今收拾下些茶饭,等候则个。〔做哭科,云〕我那满堂娇儿,说道今日第三日送他来家,不知来也是不来,则被你想杀我也!〔宋江同鲁智深、正末上〕〔宋江云〕智深兄弟,咱行动些。你看那山儿,俺在头里走,他可在后面。俺在后面走,他可在前面。敢怕我两个逃走了那!〔正末云〕你也等我一等波!听见到丈人家去,你好喜欢也。〔宋江云〕智深兄弟,你看他那厮迷言迷语的,到那里认的不是,山儿,我

---

① 可叉,砍击声。——校订者注

不道的饶了你哩!〔正末唱〕

〔商调集贤宾〕过的这翠巍巍一带山崖脚,遥望见滴溜溜的酒旗招。想悲欢不同昨夜,论真假只在今朝。〔云〕花和尚,你也小脚儿,这般走不动,多则是做媒的心虚,不敢走哩。〔鲁智深云〕你看这厮!〔正末唱〕鲁智深似窟里拔蛇①。〔云〕宋公明,你也行动些儿,你只是拐了人家女孩儿,害羞也,不敢走哩。〔宋江云〕你看他波!〔正末唱〕宋公明似毡上拖毛②。则俺那周琼姬,你可甚么王子乔③,玉人在何处吹箫④?我不合蹬翻了莺

---

① 窟里拔蛇,蛇行入穴,则曳其尾者,虽强力拔之不能出。喻不肯行。
② 毡上拖毛,毡本毛制,而毛在毡上,则涩滞而不易移动。喻行之不快。
③ 周琼姬、王子乔,宋赵彦卫《云麓漫钞》:"王迥,字子高。……旧有周琼姬事,胡徽之为作传,或用其传作《六幺》。"案,王迥,宋神宗时人,美姿容,少年时,不甚持重,为狎邪辈所诬。《六幺》,曲名,盖将王迥与周琼姬事编为歌曲者。王迥《六幺》,后又名《奇俊王家郎》。《列仙传》:王子乔者,周灵王太子也。好吹笙作凤皇鸣,道士浮丘公接以上嵩山。复见桓良曰:"告我家,七月七日,待我于缑氏山头。"至期,果乘白鹤,驻山顶上,举手谢时人而去。案,王子乔事与本文无关系,疑"乔"字为"高"字之误。
④ 玉人吹箫,《列仙传》:箫史,秦穆公时人,善吹箫,能致白鹄孔雀。公女弄玉好之,以妻焉。遂教弄玉作凤鸣,凤皇来止其屋,一旦皆随凤皇飞去。唐杜牧《寄扬州韩绰判官》诗:"二十四桥明月夜,玉人何处教吹箫?"兹云玉人在何处吹箫,言其人为宋江所匿。

燕友，拆散了这凤鸾交。

〔云〕我今日同你两个，来这杏花庄上呵，〔唱〕

〔逍遥乐〕倒做了逢山开道。〔鲁智深云〕山儿，我还要你遇水搭桥哩。〔正末唱〕你休得顺水推船，偏不许我过河拆桥。〔宋江做前走科〕〔正末唱〕当不的他纳胯挪腰。〔宋江云〕山儿，你不记得上山时，认俺做哥哥，也曾有八拜之交哩。〔正末唱〕哥也！你只说在先时有八拜之交，元来是花木瓜①儿外看好，不由咱不回头儿暗笑。待和你争甚么头角，辩甚的衷肠，惜甚的皮毛。

〔云〕这是老王林门首。哥也，你莫言语，等我去唤门。〔宋江云〕我知道。〔李逵叫门科〕老王，老王，开门来。〔王林做打盹〕〔正末又叫科〕〔云〕老王，开门来，我将你那女孩儿送来了也。〔王林做惊醒科，云〕真个来了，我开开这门，〔做抱正末科，云〕我那满堂娇儿也！呸！原来不是。〔正末唱〕

〔醋葫芦〕这老儿外名唤做半槽，就里带着一杓②。是则是去了你那一十八岁这个满堂娇，更做你家

---

① 花木瓜，《本草》：木瓜，处处有之，而宣城者乃为佳。始实成，镞花粘于上，夜露日烘，渐变红色。本州以充土贡，故有宣州花木瓜之称。
② 槽，所以滤酒。杓，斗柄，酌酒之器。半槽、一杓，谓饮酒之多少，意皆言酒醉而糊涂。

年纪老。〔云〕俺叫了两三声,不开门,第三声道送将你那满堂娇女孩儿来了,他开开门,搂着俺那黑膊子,叫道我那满堂娇儿也。〔唱〕老儿也!似这般烦恼的无颠无倒,越惹你揉眵抹泪哭嚎啕。

〔云〕哥也,进家里来坐着。〔宋江、鲁智深做入坐科〕〔正末云〕他是一个老人家,你可休唬他,我如今着他认你也。老王,你过去认波。〔王林云〕老汉正要认他哩。〔宋江云〕兀那老子,你近前来,我就是宋江。我与你说,那个夺将你那女孩儿去,则要你认的是者,我与山儿赌着六阳会首哩。〔正末云〕老王,你认去,可正是他么?〔王林做认科,云〕不是他,不是他。〔宋江云〕可如何?〔正末云〕哥也!你等他好好认咱,怎么先睁着眼,吓他这一吓,他还敢认你那?兀的老王,只为你那女孩儿,俺弟兄两个赌着头哩。老王,兀那个不是你那女婿,拐了满堂娇孩儿的宋江?〔王林做再认摇头科,云〕不是,不是。〔宋江云〕可何如?〔正末唱〕

〔幺篇〕你则合低头就坐来,谁着你睁睛先去瞧?则你个宋公明威势怎生豪,刚一瞅,早将他魂灵吓掉了。这便是你替天行道,则俺那无情板斧肯担饶?

〔云〕老王,你来。兀那秃厮,便是做媒的鲁智深,你再去认咱。〔鲁智深云〕你快认来。〔王林做再认科,云〕不是,不是。那两个一个是青眼儿长子,如今这个是黑矮的;那一个是稀头发腊梨①,如今这个是剃头发的和尚。不是,不是。〔鲁智深云〕山儿,我可是哩?〔正末云〕你这秃厮,由他自认,你先幺喝一声,怎么?〔唱〕

〔幺篇〕谁不知你是镇关西鲁智深,离五台山才落草。便在黑影中摸索也应着,只被你爆雷似一声先唬倒。那呆老子怕不知名号。〔带云〕适才间,他也待认来,〔唱〕只见他摇头侧脑费量度。

〔宋江云〕既然认的不是,智深兄弟,我们先回山去,等铁牛自来支对。〔正末云〕老王,我的儿,你再认去。〔王林云〕哥,我说不是他,就不是他了,教我再认怎的?〔正末做打王林科〕〔王林云〕可怜见,打杀老汉也!〔正末唱〕

〔后庭花〕打这老子没肚皮揽泻药,偏不的我敦葫芦摔马杓②。〔宋江云〕小偻儸,将马来,俺与鲁家兄弟先回去也。〔正末云〕你道是"弟兄每将马来,先回山寨上去",我道"哥也,你再坐一坐,等那老子再细认波"。〔唱〕哥哥

---

① 腊梨,即"瘌痢"。——校订者注
② 既没肚皮,复揽泻药,则下利,喻口不谨而妄言。葫芦、马杓,盖承粪溺之器,喻受妄言者之祸,如承泄泻者之污。

道鞴马来还山寨。〔带云〕哎！哥也！羞的您兄弟，〔唱〕恰便似牵驴上板桥①。恼的我怒难消，踹匾了盛浆铁落，辘轳上截井索，芭棚下瀽副槽。掷碎了舀酒瓢，砍折了切菜刀。

〔双雁儿〕就恨不一把火，刮刮拶拶烧了你这草团瓢。将人来，险中倒，气得咱一似那鲫鱼跳，可不道家有老敬老，家有小敬小②。

〔宋江云〕智深兄弟，咱和你回山寨去。〔诗云〕堪笑山儿忒慕古，无事空将头共赌。早早回来山寨中，舒出脖子受板斧。〔同鲁智深下〕〔正末做叹科，云〕嗨！这的是山儿不是了也。〔唱〕

〔浪里来煞〕方信道人心未易知，灯台不自照。从今后开眼见个低高。没来由共哥哥赌赛着。使不的三家来便厮靠，则这三寸舌是俺斩身刀。〔下〕

〔王林云〕李逵哥哥去了也。他今日果然领将两个人来，着我认道是也不是。元来一个是真宋江，一个是真鲁智深，都不是拐我女孩儿的。不知被那两个天杀的拐了我满堂娇儿去，

---

① 牵驴上板桥，俗语，意谓不肯前行。
② 家有老敬老，家有小敬小，俗语，意犹"老吾老以及人之老，幼吾幼以及人之幼"。

则被你想杀我也!〔宋刚做打嚏同鲁智恩、旦儿上,云〕打嚏耳朵热,一定有人说。可早来到杏花庄也。我那太山在那里?我每原许三日之后送你女孩儿回家,如今来了也。〔王林做相见抱旦哭科,云〕我那满堂娇儿也!〔宋刚云〕太山,我可不说谎,准准三日,送你令爱还家。〔王林云〕多谢太仆抬举,老汉只是家寒,急切里不曾备的喜酒,且到我女儿房里吃一杯淡酒去,待明日宰个小小鸡儿请你。〔鲁智恩云〕老王,我那山寨上有的是羊酒,我教小偻儸赶二三十个肥羊,抬四五十担好酒送你。〔王林云〕多谢太仆,只是老汉没的谢媒红送你,惶恐杀人也。〔宋刚云〕俺们且到夫人房里去吃酒来。〔下〕〔王林云〕这两个贼汉,元来不是梁山泊上头领。他拐了我女孩儿,左右弄做破罐子,倒也罢了。只可惜那李逵哥哥,一片热心,赌着头来,这须不是耍处。我如今将酒冷一碗,热一碗,劝那两个贼汉吃的烂醉。到晚间,等他睡了,我悄悄蓦上梁山,报与宋公明知道,搭救李逵,有何不可?〔诗云〕做甚么老王林夜走梁山道?也则为李山儿恩义须当报。但愁他一涌性杀了假宋江,连累我满堂娇要带前夫孝。〔下〕

第四折　用皆来韵

〔宋江同吴学究、鲁智深领卒子上,云〕某乃宋江是也。

学究兄弟,叵耐李山儿无礼,我和他打下赌赛,到那里,果然认的不是。我与鲁家兄弟先回来了,只等山儿来时,便当斩首。小偻㑩,踏着山岗望者,这早晚,山儿敢待来也。〔正末做负荆上,云〕黑旋风,你好是没来由也。为着别人,输了自己。我今日无计所奈,砍了这一束荆杖,负在背上,回山寨见俺公明哥哥去也呵!〔唱〕

〔双调新水令〕这一场烦恼可也奔人来,没来由共哥哥赌赛。袒下我这红纳袄,跌绽我这旧皮鞋①,心下量猜。〔带云〕到山寨上,哥哥不打则要头,〔唱〕怎发付脖项上这一块?

〔驻马听〕有心待不顾形骸,〔带云〕这碧湛湛石崖、不得底的深涧,我待跳下去,休说一个,便是十个黑旋风,也不见了。〔唱〕两三番自投碧湛崖。敬临山寨,行一步如上吓魂台。我死后墓顶头谁定远乡牌?灵位边谁咒生天界?怎擘划,但得个完全尸首便是十分采。

〔搅筝琶〕我来到辕门外,见小校雁行排。〔带云〕往常时我来呵,〔唱〕他这般退后趋前,〔带云〕怎么

---

① 袒下衲袄,跌绽皮鞋,谓为负荆而袒以请鞭,因自悔而跌足,屡屡跌足,致皮鞋为之绽裂。

今日的,〔唱〕他将我佯呆不睬?〔做偷瞧科,云〕哦,元来是俺宋公明哥哥和众兄弟都升堂了也。〔唱〕他对着那有期会的众英才,一个个稳坐抬颏。我说的明白,道莽撞的廉颇请罪①来,死也应该。

〔见科〕〔宋江云〕山儿,你来了也,你背着甚么哩?〔正末云〕哥哥,您兄弟山涧直下,砍了一束荆杖,告哥哥打几下。您兄弟一时间没见识,做这等的事来。〔唱〕

〔沉醉东风〕呼保义哥哥见责,我李山儿情愿餐柴②。第一来看着咱兄弟情,第二来少欠他脓血债③。休道您兄弟不伏烧埋④,由你便直打到梨花月上来,若不打,这顽皮不改。

---

① 廉颇请罪,《史记·廉颇蔺相如列传》:渑池之会,以相如功大,拜为上卿,位在廉颇之右。廉颇曰:"我为赵将,有攻城野战之大功,蔺相如徒以口舌,而位居我上,我见必辱之。"相如闻,不肯与会,每朝,常称病,不欲与廉颇争列。相如出,望见廉颇,引车避匿。相如之舍人谏相如。相如曰:"秦之所以不敢加兵于赵者,徒以吾两人在也。今两虎相斗,其势不俱生。吾所以为此者,先国家之急而后私仇也。"廉颇闻之,肉袒负荆,因宾客至蔺相如门谢罪。
② 柴,谓荆杖。餐柴,犹言吃敲。
③ 脓血债,疡溃则有脓血,此谓受杖伤而溃脓血为当然,如负债之当偿。
④ 不伏烧埋,据《元史》《元典章》载,凡打死人者,除受刑罚外,还应给付苦主烧埋银。不伏烧埋,即不伏罪。——校订者注

〔宋江云〕我元与你赌头,不曾赌打。小偻儸,将李山儿端下聚义堂,斩首报来。〔正末云〕学究哥,你劝一劝儿。智深哥,你也劝一劝儿。〔学究同鲁智深劝科〕〔宋江云〕这是军状。我不打他,则要他那颗头。〔正末云〕哥,你道甚么哩?〔宋江云〕我不打你,则要你那颗头。〔正末云〕哥哥,你真个不肯打?打一下是一下疼。那杀的只是一刀,倒不疼哩。〔宋江云〕我不打你。〔正末云〕不打?谢了哥哥也。〔做走科〕〔宋江云〕你走那里去?〔正末云〕哥哥道是不打我。〔宋江云〕我和你打赌赛,我则要你那六阳会首。〔正末云〕罢罢罢!他杀不如自杀,借哥哥剑来,待我自刎而亡。〔宋江云〕也罢。小偻儸,将剑来递与他。〔正末做接剑科,云〕这剑可不元是我的?想当日跟着哥哥打围猎射,在那官道傍边,众人都看见一条大蟒蛇拦路,我走到根前,并无蟒蛇,可是一口太阿宝剑。我得了这剑,献与俺哥哥悬带。数日前,我曾听得支楞楞的剑响,想杀别人,不想道杀害自己也。〔唱〕

〔步步娇〕则听得宝剑声鸣,使我心惊骇,端的个风团快①。似这般好器械,一柞②来铜钱,恰便似砍

---

① 风团快,俗语,形容刀刃之锐利曰风团。
② 柞,zhà,用同"拃",张开拇指与中指所量距离。——校订者注

麻秸。〔带云〕想您兄弟十载相依,那般恩义,都也不消说了。〔唱〕还说甚旧情怀,早砍取我半壁天灵盖①。

〔王林冲上叫科,云〕刀下留人!告太仆:那个贼汉送将我那女孩儿来了,我将他两个灌醉在家里,一径的来报知太仆,与老汉做主咱。〔宋江云〕山儿,我如今放你去。若拿得这两个棍徒,将功折罪;若拿不得,二罪俱罚。你敢去么?〔正末做笑科,云〕这是揉着我山儿的痒处,管教他瓮中捉鳖,手到拿来。〔学究云〕虽然如此,他有两副鞍马,你一个如何拿的他住?万一被他走了,可不输了我梁山泊上的气概?鲁家兄弟,你帮山儿同走一遭。〔鲁智深云〕那山儿开口便骂我秃厮会做媒,两次三番要那王林认我,是甚主意?他如今有本事,自去拿那两个。我鲁智深决不帮他。〔学究云〕你只看聚义两个字,不要因这小忿坏了大体面。〔宋江云〕这也说的是。智深兄弟,你就同他去,拿那两个顶名冒姓的贼汉来。〔鲁智深云〕既是哥哥分付,您兄弟敢不同去!〔同下〕〔宋刚、鲁智恩上,云〕好酒!俺们昨夜都醉了也。今早日高三丈,还不见太山出来,敢是也醉倒了。〔正末同鲁智深、王林上,云〕贼汉!你太山不在这里?〔做见就打科,宋刚云〕兀那大汉,你也通个名姓,怎

---

① 天灵盖,俗语,谓头盖骨。

么动手便打？〔正末云〕你要问俺名姓，若说出来，直唬的你尿流屁滚。我就是梁山泊上黑爹爹李逵，这个哥哥是真正花和尚鲁智深。〔做打科，唱〕

〔乔牌儿〕你顶着鬼名儿会使乖，到今日当天败。谁许这满堂娇，压你那莺花寨？也不是我黑爹爹试性歹。

〔宋刚云〕这是真命强盗，我们打他不过，走走走！〔做走科〕〔正末云〕这厮走那里去！〔做追上再打科〕〔唱〕

〔殿前欢〕我打你这吃敲材，直著你皮残骨断肉都开。那怕你会飞腾，就透出青霄外，早则是手到拿来。你你你，好一个鲁智深不吃斋，好一个呼保义能贪色，如今去亲身对证休嗔怪。须不是我倚强凌弱，还是你自揽祸招灾。

〔做拿住二贼科〕〔正末云〕这贼早拿住了也。〔王林同旦儿做拜科〕〔鲁智深云〕兀那老头儿，不要拜，明日你同女儿到山寨来，拜谢宋头领便了。〔同正末押二贼下〕〔王林云〕他们拿这两个贼汉去了也，今日才出的俺那一口臭气。我儿，等待明日，牵羊担酒，亲上梁山去，拜谢宋江头领走一遭。〔旦儿做打战科〕〔王林云〕我儿不要苦，这样贼汉，有甚么好处？等我慢慢的拣一个好的，嫁他便了。〔同下〕〔宋江同吴学究领卒子上,云〕学究兄弟,怎生李山儿同鲁智深到杏花庄去了许久,还不见来?俺山上该差人接应他么?〔学究云〕这两个贼子到的那里?不必差人接应,只早晚敢待来也。〔卒子做报科,云〕喏,报的哥哥得知,两位头领得胜回来了也。〔正末同鲁智深押二贼上,云〕那两个贼汉擒拿在此,请哥哥发落。〔宋江云〕好宋江!好鲁智深!你怎么假名冒姓,坏我家的名目?小偻儸,将他绑在那花标树①上,取这两副心肝,与咱配酒。枭他首级,悬挂通衢警众。〔卒子云〕理会的。〔拿二贼下〕〔正末唱〕

〔离亭宴煞〕蓼儿洼里开筵待,花标树下肥羊宰,酒尽呵拚当②再买。涎邓邓眼睛剜,滴屑屑手脚卸,磣可可心肝摘。饿虎口中将脆骨夺,骊龙颔下把明珠握③,生担他一场利害。〔带云〕智深哥哥,〔唱〕我也则要洗清你这强打挣的执柯人④,〔带云〕公明

---

① 花标树,谓缚人杀之之砧。
② 拚当,即"伴当",指仆从、伙伴。——校订者注
③ 骊龙颔下珠,《庄子·列御寇》:"河上有家贫恃纬萧而食者,其子没于渊,得千金之珠。其父谓其子曰:'取石来锻之。夫千金之珠,必在九重之渊,而骊龙颔下。子能得珠者,必遭其睡也。使骊龙而寤,子尚奚微之有哉?'"校订者按:纬萧,编蒿草为帘。
④ 执柯人,《诗经·齐风·南山》:"析薪如之何?匪斧不克。取妻如之何?匪媒不得。"斧则有柯,后遂以媒为执柯人。校订者按:《诗经·豳风·伐柯》:"伐柯如何?匪斧不克。取妻如何?匪媒不得。"故以伐柯喻做媒。

哥哥,〔唱〕出脱你这干风情的画眉客①。

〔宋江云〕今日就聚义堂上设下赏功筵席,与李山儿、鲁智深庆喜者。〔诗云〕宋公明行道替天,众英雄聚义林泉。李山儿拔刀相助,老王林父子团圆。

题目　杏花庄王林告状
正名　梁山泊李逵负荆

---

① 画眉客,《汉书·张敞传》:"敞为京兆,……无威仪,……又为妇画眉,长安中传张京兆眉怃。有司以奏敞,上问之。对曰:'臣闻闺房之内,夫妇之私,有过于画眉者。'上爱其能,弗备责也。"

老生儿杂剧提要

此剧后人改为短篇小说，编入《今古奇观》，题曰《念亲恩孝女藏儿》。结构虽同，而描写神情则远不如本剧文。

此剧事实起讫，谓有刘从善者，家富年老无子，有女名引张，赘婿张郎。刘翁有侄名引孙，早丧父母，依刘翁居。刘翁妻李氏，因旧日妯娌不和故，迁怒及侄，而偏厚其婿。婿则觊觎妻财，蓄意不善。刘翁皆知之，惟无术以悟妻，遂故遣去其侄。刘翁有妾曰小梅，已怀孕。翁恐婿之图财而阴损小梅也，乃焚其积年之债券，以减婿之贪谋，又以家资之半畀婿掌之，以满其欲，兼以快妻意。岂知婿之贪谋仍未已也，欲妨小梅。翁女引张知之，阴为小梅地，诡与婿云谋害小梅，而匿之姑母家中，对父母则以小梅私逃无踪告。刘翁闻小梅之逃，虽心疑有异，而无可究白，则深愤财多之足以害家也，复大舍其家财，而以余产悉授婿掌之。婿既全握刘翁家业，渐自厚而薄妇翁家，适清明节，与妻先扫己祖张氏墓。刘翁与妻李偕往祭墓，婿与女皆未至，独其侄刘引孙则已祭扫祖墓矣。刘翁复为妻李详言：女适张，则从张；己姓刘，非刘莫亲。李氏乃大悟，婿为外姓，侄则亲枝，遂亲侄，夺婿所掌刘氏财产，使侄掌之。值刘翁生辰，婿及女来拜，不纳。女则招小梅及所生子——已三岁矣——偕至，刘翁惊喜出望外，问其故，则匿妾保子，皆女所为，以存父之宗嗣也。刘翁乃三分其家财，以畀子女与侄焉。

晏平仲曰："蕴利生孽。"财物积聚一处而不能散，则图之者至。盗贼与主人无仇也，利其财，则杀而夺之矣。弟兄，骨肉之亲也，分家产不均，则怨愤深于仇敌。此皆吾人日常目击之事。刘从善之衷散家财，初则火焚其券，继则散发其钱，曰以此祈鬼神之鉴，如是，天将福吾，庶几俾吾有子，而不绝吾嗣也。此为普通社会不学无术之人说散财之法也，不可执此以诟病中国学说。若中国之学说，则有之矣。孟子曰："万乘之国，弑其君者，必千乘之家；千乘之国，弑其君者，必百乘之家。万取千焉，千取百焉，不为不多矣。苟为后义而先利，不夺不厌。"孔子曰："闻有国有家者，不患寡而患不均，不患贫而患不安。盖均无贫，和无寡，安无倾。"今全世界最大之争，则不均之争也，后义先利之争也。苟全世界皆知蕴利之可以生孽，而能哀散之，使趋于均，则大祸或庶可以免。哀散之法，不必效刘翁；哀散之心，如刘翁可也。

刘翁迫切希望有子，苟不得子，则侄亦犹子也；若女，则外人视之，为其既嫁当从夫也。此种心理，植根于男统，蔓衍于宗法。此心理苟扩而充之，即为民族主义。刘妻蔽于爱女而推之于爱婿，刘翁无术悟之，终至清明扫墓，实地指示，妻始豁然省悟。《记》曰："墟墓之间，未施哀于民，而民哀。"身履其境，情自生矣。有子曰："君子务本，本立而道生，孝弟也者，其为人之本与！"民族主义，亦当有其本，宗法者，其民族主义之本欤！

元曲中云白，每多轻率不注意，后人有疑为扮演人随意串插，非作曲人手笔者。此剧云白，处处紧凑，曲曲描神。刘翁口中，则故意前重后复，谆谆絮絮，以烦见其妙；刘媪口中，则处处执拗，愎戾自用，以峭见其妙。谓为扮演人随意串插者，即此可证其诬也。

散家财天赐老生儿杂剧

元济南武汉臣撰

明吴兴臧晋叔原刊

楔 子

〔正末扮刘从善同净卜儿、丑张郎、旦儿、冲末引孙、搽旦小梅上〕〔正末云〕老夫东平府人氏，姓刘名从善，年六十岁。婆婆李氏，年五十八岁。女孩儿引张，年二十七岁。女婿张郎，年三十岁。老夫有一兄弟，是刘从道，所生一子，小名引孙。〔叹科，云〕这引孙儿好是命毒也！我那兄弟早年间亡化过了。有兄弟媳妇儿宁氏，是蔡州人。为这妯娌两个不和，我那兄弟媳妇儿将领着孩儿，到他那爷娘家里守服去了。一来倚仗着他爷娘家，二来与人家缝破补绽，洗衣刮裳，觅的些东西来，与这孩儿做学课钱。随后，不想兄弟媳妇儿可也亡化过了，单留下这孩儿。那老爷老娘家亲眷每说道："你那孩儿则管在这里住怎么？东平府不有你的伯父？谁不知道个刘员外？你不到那里寻去怎么？"那里众亲眷每与了孩儿些盘缠，这孩儿背着他那母亲的骨殖，来到东平府，寻见老夫。老夫用了些小钱物，和兄弟一搭里葬埋了。孩儿如今二十五岁也。嗨！我这婆婆，想着和他那娘两个不和，见了这孩儿也，轻呵便是骂，重呵便是打，可这般见不的我个侄儿。〔卜儿云〕我那里见不的他来？〔正末云〕不要闹，我则是那么道，休着街坊人家笑话。引孙，你是个精细的人，何消我一一尽言？眼见的我家里难住，庄儿头有两间草房，绰扫一间，教几个村童，养赡你那身子去罢。〔卜儿云〕那两间草房，要留着圈驴哩，不要动俺的。〔正末云〕你养活着那驴子做甚么？〔卜儿云〕那驴子，我养活着他，与我耕田耙垡，与我碾麦子、拽磨、驮粮食、驮草，还与我骑坐，可不要养活着哩？这厮，则与他一间。〔正末云〕你听波，一间也罢。张郎，将二百两钞来与引孙。〔张郎云〕理会的。〔卜儿云〕我欠他的来？不与他二百两，我则与他一百两。〔正末云〕依着你，则与他一百两罢。〔张郎云〕是。将一百两钞来，他又不识数儿，我落下他二十贯。引孙，你那穷弟子孩儿①，一世不能勾长俊的，与你噇脓捣血②。将去！〔正末云〕引孙，与你这一百两钞，你少使俭用些，孩儿也，你着志者。〔引孙做接钞出门科，云〕谢了伯父、伯娘、姐姐、姐夫。出的这门来。我那伯伯与我二百两钞，我那伯娘当住，则与我一百两钞，着我那姐夫张郎与我。他从来有些掐尖落钞③，我数一数。六十两、七十两、八十两，则八十两钞。我再回去与伯父说咱。〔做见正末科〕〔卜儿云〕你敢不要么？若不要，便拿来还我罢。〔引孙云〕我要问伯父，与引孙多少钞来？〔正末云〕与你一百两钞。〔引孙云〕这里则八十两。〔正末云〕张郎，我着你与引孙一百两钞，你怎生则与他八十两？那二十两使了你的？〔张郎云〕父亲，是一百两。〔引孙云〕姐夫，兀的钞，你数。〔张郎云〕将来我数。七十两、八十两，〔做袖里摔科，云〕兀的不是钞？是你掉下二十两了。〔引孙云〕是你袖儿里摔出来的。伯伯、伯娘，引孙冻饿杀，再也不到你门上来了。姐姐、姐夫，引孙多多定害④。出的这门来，引孙也，我那伯伯，为着我父亲面上，肯看觑我。我那伯娘，眼里见不的我，见了我，不是打，

---

① 弟子孩儿，贱简人之语，于其上，或冠以"穷"字，或冠以"歹"字。
② 噇脓捣血，诅咒人之语，谓当有脓血之灾。
③ 掐尖落钞，俗语，谓私短过手之钱。
④ 定害，打扰。——校订者注

便是骂,则向他女婿张郎。他强杀者波,则姓张;我便歹杀者波,我姓刘,是刘家的子孙阿!引孙也,怨人怎么?则叹我的命运。〔诗云〕仰面空长叹,低首泪双垂。富贵他人聚,今日个贫寒亲子离。〔下〕〔正末云〕引孙去了也。老夫待将我这家私停停的分开,与我这女儿和这侄儿。老夫心中暗想:俺这男子汉到八八六十四,妇人七七四十九,乃是尽数,老夫止有四年的限也;不想小梅这妮子,年二十岁,婆婆为他精细,着他近身扶侍老夫,如今腹怀有孕,未知是个女儿小厮儿?则怕久后为这几文业钱,着孩儿日后生了别心。就今日,我着几句言语,压伏这孩儿每咱。张郎!〔卜儿云〕去了侄儿,如今想要寻着女婿哩。〔正末云〕你知道我说什么?〔卜儿云〕你待说什么?〔正末云〕张郎,你是我家女婿,只今十年满了也。俺两口儿偌大年纪,房下别无所出,孩儿,你怎忍撇俺去了?今日为始,则在我家里住。〔卜儿云〕孩儿,谢了父亲者。〔正末云〕你看他便欢喜也。张郎,将俺那远年近岁欠少我钱钞的文书,都与我搬运将出来,算一算是多少。〔张郎云〕兀的不是文书,我都搬出来了。〔正末云〕小梅,点个灯来。〔小梅云〕兀的是灯。〔正末云〕都与我烧毁了者。〔张郎做抢科〕〔正末云〕呀!呀!呀!不怕烧了手,去那火里挝这文书那!孩儿也,这钱直恁般中使?〔卜儿云〕老的也,想着你幼年时,南头里贩贵,北头里贩贱,乘船骗马,渡江泛海,做买做卖,挣闯下许来大家私。放钱举债,与人家钱钞的文书,怎的也不通个商量,就一把火都烧毁了。〔正末云〕量这些文书,打甚么不紧①,想咱的家私不有十万贯那?〔卜儿云〕十万贯,则有多哩。〔正末云〕从今为始,将这十万贯家私,姐夫、姐姐两口儿分取一半,将这一半与婆婆收者。〔卜儿云〕两个孩儿,谢了你父亲者。〔张郎云〕谢了父亲。〔正末云〕你看他便欢喜也。婆婆,将这一半家私且收留起。东平府里,那个不说刘员外那老子空有钱呵,割舍不的,他是个看钱奴!婆婆,将这一半家私,和那一辈老相识朋友每,也闲快活几年咱。〔卜儿云〕老的,你说的是!说的是!〔正末云〕婆婆,我待要庄儿头住几日去咱。〔卜儿云〕便着下次小的每鞴马,送老的往庄儿上去,家中一应大小事务,你休管,有我哩,你则管放心的去。〔正末云〕婆婆,我有句话,敢说么?〔卜儿云〕老的也,你有甚么话,但说不妨。〔正末云〕我则专等婆婆报个喜信。婆婆,小梅这妮子,有个比喻,你可知道么?〔卜儿云〕你说,你说,有个甚的比喻?〔正末云〕婆婆,小梅这妮子,他似那借瓮儿酿酒。〔卜儿云〕如何是借瓮儿酿酒?〔正末云〕别人家的瓮儿,借将的来家做酒,只等酒

---

① 打甚么不紧,犹云有甚么要紧。曰不紧,倒词也。

熟了时，可把那瓮儿送还与他本主去。婆婆，这妮子，如今不腹怀有孕也？明日小梅或儿或女得一个，则是你的。那其间，将这妮子要呵，不要呵，或是典，或是卖，也只由的你。〔卜儿云〕你也说的是。〔正末云〕婆婆！〔卜儿云〕老的，你又怎么？〔正末云〕婆婆，小梅这妮子，从来有些奴唇婢舌的，怕不恼着婆婆，看老夫的面，应当打时节，则骂几句罢！〔卜儿云〕只古里聒絮，我知道了也。〔正末云〕婆婆，小梅这妮子，老夫恰才不道来，有甚的恼着你，应骂时节，你也则自处分咱。〔卜儿云〕老的，你则放心的去，我说知道了也。〔正末云〕婆婆！〔卜儿云〕老的，莫不又是小梅么？〔正末云〕婆婆，你觑你觑。〔卜儿云〕老的，你恰才将远年近岁欠少咱钱债的文书都烧毁了，你可主着何意？〔正末云〕婆婆，你不知道，老夫心下自有个主意也呵！〔唱〕

〔仙吕赏花时〕我为甚将二百锭征人的文契烧？也只要将我这六十载无儿冤业消。〔带云〕婆婆，我可似个什么那？〔唱〕我似那老树上今日个长出些笋根苗。〔带云〕婆婆，小梅这妮子呵！〔唱〕你心中可便不错，〔云〕婆婆，小梅这妮子，他可似什么那？如同那生菜儿一般，他只要新水儿洒者波，婆婆！〔唱〕你是必休将兀那热汤浇。〔下〕

〔卜儿云〕我知道了也。孩儿每,看头口儿①,送你父亲庄儿上去来。〔同下〕

第一折　用皆来韵

〔张郎同旦儿上,云〕欢喜未尽,烦恼到来。自家张郎的便是,这个是我浑家引张。我当日与这刘员外家做女婿,可是为何?都则为这老的,他有那泼天也似家私,寸男尺女皆无,所以上与他家做女婿,我满意的则是图他这家私。不想老的近日间着这小梅近身扶侍,如今这小梅腹怀有孕。我想来:若是得个女儿,也则分的他一半儿家私;若是得一个小厮儿,我两只手交付与他那家私,我不干生受了一场?〔旦儿云〕张郎,你这几日眉头不展,可是为何?〔张郎云〕大嫂,你不知。我老实说,我当日与你家做女婿,为你父亲无儿,久以后,这家缘家计都是我的。如今老的将这小梅姨姨收在身边,如今腹怀有孕。若是得一个女儿,则分的他一半儿家私;若得个小厮儿,我双手儿都交付与他,我不干生受了?我因此上烦恼。〔旦儿云〕张郎,比及你有心呵,我也有心多时了。我先将小梅所算了,何如?〔张郎云〕你那里是我的媳妇,你是我的亲娘。你

---

① 头口儿,指骡马牛之类的大牲畜。——校订者注

可怎么说?〔旦儿云〕俺先与奶奶说,则说小梅配绒线去,怀空①走了也。〔张郎云〕此计太妙。〔旦儿云〕我就和你对奶奶说去来。奶奶!〔卜儿上,云〕孩儿,你唤我做什么?〔旦儿云〕奶奶,小梅又不曾打他,又不曾骂他,今早配绒线去,怀空走了也。〔卜儿云〕嗨!你两个也省的,俺老的偌大年纪,见有这些儿望头,欢喜不尽,在庄儿上专等报喜哩,怎么有这般的事?莫不是你两个做下来的那?〔旦儿云〕小梅今日绝早自家走了,干我们两个甚的事?〔卜儿云〕既然小梅走了,小的每,辆起车儿来,你两个跟着我,直到庄儿上,报知老的去来。〔同下〕〔正末领丑兴儿上,云〕老夫自从到于庄儿上住,则专等婆婆报一个喜信。我想人生在世,凡事不可过分,到这年纪上身,多有还报。则我那幼年间做经商买卖,早起晚眠,吃辛受苦,也不知瞒心昧己,使心用幸,做下了许多冤业,到底来是如何也呵!〔唱〕

〔仙吕点绛唇〕将本求财,在家出外,诸般儿快。拥并也似钱来,倒底个还不彻冤家债。

〔云〕那一日婆婆人情去了。小梅这妮子忽的走到面前道:"爹爹,小梅有句话,可是敢说么?"老夫便道:"有什么话,你说波。"他道:"小梅有半年身孕。"老夫便道:"小鬼头休胡

---

① 怀空,找机会。——校订者注

说,婆婆听的呵,枉打死你。"他道:"您孩儿不敢说谎。"老夫道:"是真个么?"他道:"是真个。"我便教人请稳婆去。〔唱〕

〔混江龙〕请来凭脉,〔云〕一投的凭罢那脉也,婆婆道:"老的,你索与我换上盖咱。"老夫便道:"你与我说了,我与你。"他便道:"老儿,你贺喜者。"〔唱〕他道小梅行必定是个厮儿胎。不由我不频频的加额①,落可便暗暗的伤怀。但得一个生忿子②,拽布披麻扶灵柩,索强似那孝顺女罗裙包土筑坟台。往常我瞒心昧已,信口胡开,把神佛毁谤,将僧道抢白。因此上折罚的儿孙缺少,现如今我筋力全衰。人说着便去,人唤着忙来。看经要灭罪,舍钞要消灾。我急煎煎去把那稳婆和老娘寻,恨不得曲躬躬将他土块的这砖头来拜③。〔带云〕我想:儿孙的福分,非同小可也。〔唱〕使不着人强马壮,端的是鬼使神差。

〔云〕兴儿,昨日使你城里去来,听的我那一辈儿老相识朋友每说我些什么来?〔兴儿云〕爹,我昨日城里买油去,见一辈

---

① 加额,《宋史·司马光传》:"凡居洛阳十五年,……赴阙,卫士望见,皆以手加额,曰:'此司马相公也。'"以手加额,表庆幸之意。
② 生忿子,谓有子不肖,使亲生忿怒。俗语。
③ 将土块砖头拜,谓迫切祈祷,不择物而拜。

老的每说来:"若得个女儿便罢,得一个小厮儿呵,他每待将你骑着头口,着草棍打着你游街,还待着你做一个大大的庆喜筵席哩。"〔正末云〕兴儿,你休说谎。〔兴儿云〕孩儿不敢说谎。〔正末云〕哎!那老的每则不说出来,他敢是做出来也。〔唱〕

〔油葫芦〕有那等守护贤良老秀才,他说的来很利害。〔云〕他每都道是刘从善那老子空有钱,则恁般割舍不的使。若是个女儿呵,罢论;若是个小厮儿呵,耻辱那老子一场。〔唱〕他待将这老头儿监押去游街。〔带云〕小梅,你若真个得个儿呵!〔唱〕我情愿谢神天便把那香花赛①,请亲邻便把猪羊宰。遮莫他将蹇卫②迎,草棍挨。但得他不骂我做绝户的刘员外,只我也情愿湿肉伴干柴③。

〔天下乐〕我可便得一个残疾的小厮儿来,问甚么兴也波衰,总是那天数该。〔云〕天那!倘是我小梅这妮子分娩了,你觑这早晚多早晚也。莫不是小厮儿生得毒么?〔唱〕则他那时辰儿问甚么好共歹,我但得把他摇

---

① 赛,祭祀。唐于鹄《江南曲》诗:"偶向江边采白蘋,还随女伴赛江神。"
② 蹇,足不良于行。卫,所骑驴。宋岳珂《桯史》记客邸题壁诗云:"蹇卫冲风怯晓寒,也随举子到长安。"
③ 湿肉伴干柴,以肉受竹木之笞。盖元时俗语。

车①儿上缚,便把我去墓子里面埋,我便做一个鬼魂儿可便也快哉。

〔云〕兴儿!〔兴儿云〕爹,你叫我怎么?〔正末云〕你门首觑者,看有甚么人来。〔卜儿同旦儿、张郎上,云〕可早来到也。兴儿,你报与老爹知道,说我来看他哩。〔兴儿云〕爹,有奶奶在门首哩。〔正末云〕婆婆来了也。兴儿,杀下羊者。请!请!请!〔兴儿云〕您孩儿知道。奶奶,爹有请哩。〔卜儿云〕孩儿,您在门首,我先过去。见了老的,你着我说什么?〔做见科,云〕老的,你在这庄儿上好将息,倒大来耳根清静也。〔正末云〕婆婆请坐。喜波!喜波!得了个小厮儿么?〔卜儿云〕是好个小厮儿。〔正末云〕婆婆,那小梅当真得了个甚么?〔卜儿云〕我说便说,你则休烦恼。〔正末云〕你说,我不烦恼。〔卜儿云〕自从老的往庄儿上来了,俺一家儿看着老的面皮上,都尽让小梅,又不曾打他,又不曾骂他。今日大清早起来,推配绒线去,怀空走了也。〔正末云〕走了也?你便唬杀老夫也!好谎波!你说与咱同喜咱!〔卜儿云〕我不说谎,怕你不信呵,姐姐也在门首哩。〔正末云〕姐姐也来了?请过姐姐来。〔兴儿云〕姐姐,爹有请。〔旦儿云〕张郎,你且在门首,

---

① 摇车,小儿卧车。南方以竹编之。俗名摇篮。小儿啼,则频摇之以催眠。

我先过去。〔做见科〕〔正末云〕姐姐,喜波!喜波!得了个兄弟么?是必抬举你那兄弟儿咱。〔旦儿云〕父亲,甚么兄弟?〔正末云〕小梅得了的。他打甚么不紧,我则是觑着姐姐哩。〔旦儿云〕小梅,又不曾打他,又不曾骂他,跟着人逃走去了。〔正末云〕他走了?您娘儿每一家儿,说便说,怕做甚么?我知道,这是我婆婆的见识:引张,到那里见你爹时节,则说道是走了他,若说道是得了个小厮儿呵,那老子偌大年纪,则怕把那老子欢喜杀了。这个是婆婆使的见识。〔卜儿云〕小梅委实是走了也。〔正末云〕姐姐,你敢说谎哩?量他打甚么不紧,我则觑着姐姐、姐夫哩。〔旦儿云〕父亲不信呵,有张郎在门首。〔正末云〕女婿也来了?您娘儿两个我跟前说谎。兴儿,快请过姐夫来。〔兴儿云〕姐夫,爹请你哩。〔张郎做见正末,云〕父亲,好将息,倒宜出外。〔正末云〕姐夫,喜波!喜波!你郎舅每厮守着,好抬举照觑咱。〔张郎云〕甚么郎舅子那?〔正末云〕小梅得了的。〔张郎云〕甚么小梅?又不曾打他,又不曾骂他,怀空害慌,跟着人走了。〔正末云〕嗏声!他怎么走了?〔卜儿云〕说道走了就走了,那个哄你?走了一个小妮子,打甚么不紧?〔正末唱〕

〔那吒令〕哎!你是个主家的,〔云〕偌大年纪,亏你不害那脸羞。〔卜儿云〕我又不曾放屁,我怎么脸羞?〔正末唱〕你兴心儿妒色，你是个做女的，〔云〕不学些三从四德，俺一家儿簇捧着你，为甚么来？〔唱〕你纵心儿的放乖。更着你个为婿的，〔云〕万贯家缘，都在你手里，你在那钱眼里面坐的兀自不足哩，〔唱〕你贪心儿爱财。〔做哭，云〕痛杀老夫也。〔卜儿笑科，云〕呸！我又不曾捻杀他，又不曾掐杀他，他惶恐自害羞走了，你张开着口，哭些甚么？〔正末唱〕怎着我空指望，空宁耐，落得这苦尽甘来。

〔鹊踏枝〕你可便道他歪，不思量我年迈。〔卜儿云〕说道走了个只身的小妮子，打甚么不紧，则管里絮絮聒聒的。〔正末唱〕他可便虽则只身，那里也是那重胎。〔带云〕张郎！〔唱〕则被你坏了我也，当家的这娇客①。〔云〕我原来错怨了人也，都不干你事。〔唱〕天那！则被你便送了我也，转世的浮财②。

〔卜儿云〕他走也走了，你要呵，我别替你娶一个。〔正末云〕嚛声！怎生对着孩儿每说出这等话来？〔唱〕

〔寄生草〕你不将我人也似觑，倒着我谜也似猜。

---

① 娇客，女婿称堂前娇客。俗语。
② 浮财，犹《论语》所谓"不义而富且贵，于我如浮云"。人死之后，复转生为人，谓之转世。送了我，谓因有此浮财而送我转世，犹言断送此生。

〔带云〕你听我说与你，〔唱〕道不的二十上有志呵人都爱，三十上有命呵人还待。到的这四十上无子呵，可便人不拜。我想着那未分男女的腹中胎，〔卜儿云〕我只拣那年纪小、生得好的，替你再娶一个，你也还养得出哩。〔正末唱〕谁问你那不施脂粉天然态？

〔云〕张郎，你到家，便将那好钞拣下一二千锭者。〔卜儿云〕敢是你那里看上了一个，你待娶来做小老婆也。〔正末云〕我是娶一个，也由的我那。〔卜儿云〕休道你娶一个，便娶十个，我是大，他也则索扶侍我。〔正末云〕为甚么扶侍你？〔卜儿云〕怎么不扶侍我？〔正末云〕你不曾与俺刘家立下嗣来。〔卜儿云〕休道立下寺，我连三门都与你盖了。〔正末云〕张郎，你去四门头，出下帖子，但是有等贫难的人，明日绝早，到开元寺内，我散钱去也。天那！刘从善今日悔过了也！〔唱〕

〔后庭花〕则为我做家呵忒分外，今日着我无儿呵绝后代。可不怪悭悋呵招灾祸，若是肯慈悲呵，也不到的生患害。〔云〕张郎，你快去与我出帖子者。〔张郎云〕您孩儿知道。〔正末唱〕我如今只待要舍浮财，遍着那村城里外，都教他每请钞来。缺食的买米柴，少衣的截些绢帛，把饥寒早撇开，免忧愁尽自在。

〔卜儿云〕元来你要舍财布施。你不舍呵，也无人怪你；

舍了财,可便有谁人知重你也?〔正末云〕你那里知道!我散了这几文钱呵,那贫难无倚的人呵,〔唱〕

〔青哥儿〕他敢把咱来烧香,烧香礼拜,恰便似祖先,祖先看待。〔卜儿云〕你便这般救苦怜贫,舍财布施,做下功德,只是年纪高大,也没多几时在世,有那一个知道你的?〔正末云〕婆婆,你道他每不知道我么?〔唱〕你道我日暮桑榆事可哀,将我死后尸骸,向古道悬崖,浅葬深埋,松柏多栽。则恐怕后人不解,垒座砖台,镌面碑牌,写的明白。等过往人来,觑了伤怀,都道是开元寺散家财的这刘员外。

〔卜儿云〕老的,我便依着你,且回家里去来。〔正末云〕婆婆,咱家去罢。〔唱〕

〔赚煞尾〕我在这城中住六十年,做富汉三十载。无倒断则是营生的计策,今日个眼睁睁都与了补代①。那里也是我的运拙时乖。〔带云〕婆婆,〔唱〕我这里自裁划,也不索垒七波追斋②。则那两件事敢消磨了

---

① 补代,意盖谓求有补于后代,故散其财。
② 垒七,俗礼,人初死,每以七日为临奠之期,至七七而终。追斋,因追荐亡人而修斋。不索垒七追斋,谓不待死后而营奠营斋,及生前将家财衰散之。

我这半世的灾：我也再不去图私利狠心的放解①，我也再不去惹官司瞒心儿举债。〔云〕这两桩儿咱都不做了，难道天是没眼的？〔唱〕可敢也一天好事奔人来。〔同众下〕

第二折　用萧豪韵

〔张郎上，云〕自家张郎便是。父亲的言语，着我收拾下钱钞，在这开元寺内散钱：大乞儿一贯，小乞儿五百文。那钱钞都准备下了也，请父亲、母亲舍钱去来。〔正末同卜儿、旦上，云〕张郎，将着那钱钞，只等贫难的人来，与我都散到者。钱也！则被你送了老夫也呵！〔唱〕

〔正宫端正好〕则被你引的我来半生忙，十年闹，无明夜攘攘劳劳。则我这快心儿如意随身的宝②。哎！钱也！我为你呵，恨不的便盖一座家这通行庙③。

〔滚绣球〕我那其间正年小，为本少，我便恨不的问别人强要，拼着个仗剑提刀。〔卜儿云〕咱人父南子北，抛家失业，也则为这几文钱。〔正末唱〕哎！钱也！我为

---

① 放解，以钱借贷与人。清代公牍文字，发钱于下曰放款，纳钱于上曰解款。元时以物质钱之所曰典解库，即今之典当铺。
② 快心如意随身宝，谓钱。
③ 通行庙，谓大众祀神祈福之庙。此句言意欲尽舍家财为之。

你呵，也曾痛杀杀将俺父母来离，也曾急煎煎将俺那妻子来抛。〔卜儿云〕老的也，你走苏杭两广，都为这钱。恨不的你死我活，也非是容易挣下来的。〔正末唱〕哎！钱也！我为你呵，那搭儿里不到？几曾惮半点勤劳？遮莫他虎啸风峉律律的高山直走上三千遍，那龙喷浪翻滚滚的长江也经过有二百遭，我提起来魄散魂消。

〔云〕张郎，收拾下香卓儿者。〔张郎云〕理会的。〔正末云〕婆婆，随我一处拈香去来。〔卜儿云〕今日老的为没儿女，不昧神天，回心忏罪。我随你去，我随你去。〔正末云〕刘从善为人一世，做买卖上多有亏心差错处。我今日舍散家财，毁烧文契，改过迁善，愿神天可表。〔唱〕

〔倘秀才〕那其间我正贫困里，可便夺的一个富豪，今日个上户也，可怎么却无了下稍？也是我幼年间的亏心，今日老来报。〔带云〕哎！钱也！我为你呵，〔唱〕也曾昧着心说咒誓，今日个睁着眼犯天条①，孜孜的窨约②。

〔卜儿云〕可是你那做买卖使心用幸折乏的，你怎么则埋怨我那？〔正末唱〕

---

① 天条，上天所立凡人犯罪之条文。
② 物久藏于地窖中曰窨，受迫束曰约。窨约，盖受幽囚迫束之意。校订者按：窨约，思量，琢磨。

〔呆骨朵〕则俺这做经商的,一个个非为[1]不道,那些儿善与人交。都是我好贿贪财,今日个折乏的我来除根也那蒻草。我今日个散钱波把穷民来济,悔罪波将神灵来告。则待要问天公赎买一个儿,〔卜儿云〕我明日再别替你娶一个罢,有你也不愁无儿。〔正末唱〕也等我养小来防备老。

〔净大都子领刘九儿、小都子上,云〕刘九儿,开元寺里散钱哩,咱去那里请钞去来。有这个小孩儿,把他另做一户,得的这一分儿钱,俺两个分了买酒吃。官人也,叫化些儿!〔张郎云〕这个小的,是一户也是两家儿的?〔大都子云〕这小的另是一户。〔张郎云〕也与他五百文。〔大都子分钞科,云〕刘九儿,把这钞分了,咱两个买酒吃去来。〔刘九儿云〕这孩儿是我的,你怎生分我的钱?你学我有么?〔大都子云〕穷弟子孩儿,我和你说定的,你怎生都要了?你便是有儿的?〔做闹科〕〔正末云〕张郎,门首为什么闹?〔张郎云〕父亲,穷厮每争钱哩。〔正末云〕孩儿也,这钱则不那穷的每争,便这富的每也争。待老夫亲自问他。您每且休闹者!〔唱〕

〔脱布衫〕今日个散钱呵您不合闲焦,看我面

---

[1] 非为,即为非。元曲中每倒置之,盖俗语如此。

也合道是**耽饶**①。他主着意和人硬挺，便睁着眼大呼小叫。

〔刘九儿云〕哎！你个绝户的穷民！你怎敢放刁也？〔张郎云〕这穷弟子孩儿，噤声！〔正末唱〕

〔小梁州〕他骂一声绝户的穷民怎敢放刁，则一句道的我便肉战也身摇。〔做悲科，云〕兀的不痛杀我也！〔唱〕我伤心有似热油浇，他那里忙陪笑，敢这厮**笑里暗藏刀**②。

〔大都子云〕老的也，他父亲请了一分钞，他孩儿又要哩。〔正末唱〕

〔幺篇〕元来是**父亲行请过了孩儿又要**，您怎么不寻思**枉物难消**③？〔刘九儿云〕从小里惯了孩儿也！〔正末唱〕你从小里也该把这孩儿教，怎生由他恁撒拗？道不的家富小儿骄。

〔小都子云〕爹爹，你肚里饥么？〔刘九儿云〕我肚里可知饥哩。〔小都子云〕你吃了饭再来。〔刘九儿云〕孩儿说的是，

---

① 耽饶，宽容，担待。——校订者注
② 笑里藏刀，《旧唐书·李义府传》："李义府状貌温恭，与人语，必嬉怡微笑；而褊忌阴贼，……微忤意者，辄加倾陷。故时人言义府笑中有刀。"
③ 枉物难消，谓非法所得之物不可消受。

咱们吃饭去来。〔同下〕〔刘引孙上,云〕自家刘引孙的便是。自从我那伯娘把我赶将出来,与了我一百两钞做盘缠,都使的无了也。如今在这破瓦窑中居住,每日家烧地眠,炙地卧,吃了那早起的,无那晚夕的。听知我那伯伯、伯娘在这开元寺里散钱,大乞儿一贯,小乞儿五百文。各白世人①,尚然散与他钱;我是他一个亲侄儿,我若到那里,怎么不与我些钱钞?我去便去,则怕撞着那姐夫,他见了我呵,必然要受他一场呕气。如今也顾不得了,可早来到寺门首也。〔做见张郎科,云〕天那!你看我那命波!肯分的②我那姐夫正在门首,可怎么好?我只得把这羞脸儿揣在怀里,没奈何且叫他一声姐夫。姐夫!〔张郎云〕那里这么一阵穷气?我道是谁,原来是引孙这个穷弟子孩儿。你来做什么?〔引孙云〕穷便穷,甚么穷气?姐夫,我来这里叫化些儿。〔张郎云〕钱都散完了,没得与你,你快去!〔正末云〕是谁在门首?〔张郎云〕是引孙。〔卜儿云〕他来做什么?〔张郎云〕他来叫化些钱哩。〔卜儿云〕他也要来叫化,偏没得与他。〔正末云〕婆婆,和那叫化的争什么?〔卜儿云〕老的也,如今放着这些钱钞,那穷弟子孩儿看见,都要将起来,怎么得许多散与他?〔卜儿做藏钞科〕〔正末云〕婆婆,你且着

---

① 各白,犹言各别,无相关系。世人,犹言泛泛当世之人。
② 肯分的,恰巧。——校订者注

他过来。引孙,你到这里来怎的?〔引孙云〕听知的伯伯、伯娘在这里散钱,您孩儿特来借些使用。〔正末云〕婆婆,不问多少,借些与他去。〔卜儿云〕引孙,你要借钱,我问你要三个人:要一个保人,要一个见人,要一个立文书人。有这三个人,便借与你钱;无这三个人,便不借与你钱。〔正末云〕哎!自家孩儿,可要甚么文书!〔卜儿云〕他猛地里急病死了,可着谁还我这钱?〔张郎云〕母亲,正是这等说。〔正末云〕呸!丑贼生,干你甚事?〔卜儿云〕呸!则怕死了你那长俊的侄儿。〔正末指张郎科,云〕婆婆,我问你,这个是谁的?〔卜儿云〕是俺的。〔正末云〕这个呢?〔卜儿云〕这个是你的,山核桃差着一楅①儿哩。〔正末云〕这是我的个亲侄儿。有不是呵,我要打便打,要骂便骂,都不干你事。〔卜儿云〕住住住!你也休闹,请你个太公家教咱。〔正末云〕引孙。〔引孙云〕您孩儿有。〔卜儿云〕哎哟!要打便打,什么引孙引孙!拿些土儿来,怕惊了他囟子②。〔正末云〕你看,我待打杀他者波。〔卜儿云〕谁着你打死人来那?〔正末云〕似这般炒闹,如之奈何?将那十三

---

① 山核桃差着一楅,核桃之仁,分两半而相连,中有横隔。喻侄与伯父虽相联系,中实隔阂。
② 囟,xìn。拿土来,怕惊了囟子,小儿初生,头囟未合,又小儿易受惊,骤闻大声,恐其受惊而病,急取土以厌胜之,村愚之俗见如此。

把钥匙来。〔卜儿云〕老的也，十三把钥匙都在这里，则要分付的有下落者。〔正末云〕引孙，你见么？〔引孙云〕您孩儿见。〔正末云〕女儿、女婿近前。您两口儿收了这钥匙，掌把了这家私者。〔卜儿云〕孩儿，谢了你父亲者！〔正末云〕你看他可便欢喜也。〔张郎云〕多谢了父亲。引孙，你打睃着，十三把钥匙都在我手里也，与你这把钥匙，着你吃不了。〔引孙云〕是那门上的？〔张郎云〕是东厕门上的。〔正末做悲科，云〕儿也，我前者把与了你些钱钞，都那里去了？〔引孙云〕您孩儿定害①的朋友多了，拿这钱钞去，都待了相识朋友也。〔卜儿云〕你这个穷弟子孩儿，也有相识朋友？〔正末云〕孩儿也，还未到你那待朋友处哩。〔唱〕

〔倘秀才〕你有钱时待朋友每日家花花草草，你今日无钱也，〔带云〕索央亲眷每呵，爹爹、奶奶，有盘缠与些儿波！〔唱〕便这般烦烦也那恼恼。〔带云〕哎！儿也！〔唱〕也是你贫不忧愁富不骄，则待做经商寻些资本，则不如依本分教些村学，那的也便了。

〔引孙云〕您孩儿一径的来问伯伯、伯娘借些本钱，做些买卖。〔正末云〕引孙孩儿也，则不如读书好。〔引孙云〕伯伯，

---

① 定害，打扰。——校订者注

则不如做买卖。〔正末云〕引孙孩儿也,则不如读书好。〔引孙云〕伯伯,则不如做买卖好。〔正末唱〕

〔滚绣球〕我道那读书的志气豪,为商的度量小,则这是各人的所好。你便苦志争似那勤学,为商的小钱番做大钱,读书的把白衣换做紫袍。则这的将来量较,可不做官的比那做客的妆幺。有一日功名成就人争羡,〔云〕头上打一轮皂盖,马前列两行朱衣,〔唱〕抵多少买卖归来汗未消,便见的个低高。

〔云〕张郎,辆起车儿,着婆婆和姐姐先回去,我随后便到也。〔张郎云〕我将这车儿辆起者。〔正末云〕婆婆,你和引张先行,引孙这厮不学好,老夫还要处分他哩。〔卜儿云〕老的,你慢来,我先回家去也。〔卜儿做虚下科〕〔正末云〕儿也,我则觑着你哩。〔引孙云〕伯伯,您孩儿知道。〔正末做哭科,云〕哎哟!苦痛杀我也!〔卜儿上,云〕老的也,你做甚么哩?兀的不啼哭那?〔正末云〕我几曾啼哭来?〔卜儿云〕你眼里不有泪来那?〔正末云〕婆婆,我偌大年纪,怎没些儿冷泪?〔卜儿云〕你这证候好来的疾也!〔正末云〕引孙,靴靿里有两锭钞,你自家取了去。引孙,勤勤的到坟头上看去,多无一二年,我着你做一个大大的财主。〔引孙云〕您孩儿知道。〔正末唱〕

〔煞尾〕在生呵奉养父母何须道，死后呵祭奠那先灵你索去学。缺少儿孙我无靠，拜扫坟茔是你的孝。他处求人沽酒浇，乡内寻钱买纸烧，一日坟头与我走一遭。一句良言说与你听着：你若是执性愚顽不从我教，引孙也，我着你淡饮黄齑一直饿到你老。

〔卜儿云〕穷短命，穷丑生，穷弟子孩儿，你在这里做什么？早早的死了，现报了我的眼里。再上我门来，拷下你那下半截来！兀的不被你气死我也！老的你也等我一等么！〔同下〕〔引孙云〕伯娘去了。你看我那伯伯，推打我，与了我两锭钞。将到我那破瓦窑里，也好做几日盘缠。天也！兀的不穷杀引孙也！〔下〕

第三折　用江阳韵

〔张郎同旦儿上，诗云〕人生虽是命安排，也要机谋会使乖。假饶不做欺心事，谁把钱财送我来？自家张郎的便是。自从父亲将家私都与了我掌把，兀的不欢喜杀我也！时遇清明节令，寒食一百五，家家上坟祭祖，我将着这春盛担子①、红干腊

---

① 春盛担子，扫墓者以祭祀之鱼肉等物盛之盒中而担之，谓之春盛担子。

肉,同着社长,上坟去来。〔社长上,云〕自家社长是也。今日清明节令,张郎请我去上坟。张郎,我和你上坟去。〔张郎云〕浑家,每年家先上你刘家的坟,今年先上俺张家的坟罢!〔旦儿云〕张郎,先上俺家的坟。〔社长云〕大嫂,你差了也。你便姓刘,你丈夫不姓刘,你先上张家的坟,才是个礼。〔张郎云〕浑家,你嫁了我,百年之后,葬在俺张家坟里,还先上俺张家坟去。〔旦儿云〕依着你,先上张家坟去来。〔同下〕〔引孙上,云〕自家刘引孙。从那日伯伯与了我两锭钞,在这破瓦窑中,都盘缠了也。今日清明节令,大家儿、小家儿都去上坟拜扫。我伯伯说道:"引孙,勤勤的祖坟上去,多无一二年,着你做个大大的财主。"莫非我那伯伯有银子埋在坟上那?我想:祖坟是我祖上,连我父亲、母亲也葬在那里。难道伯伯说,我便上坟;伯伯不说,我便不上坟?引孙我虽贫,是一个读书的人,怎肯差了这个道理?我往纸马铺门首,唱了个肥喏,讨了这些纸钱;酒店门首,又讨了这半瓶儿酒;食店里,又讨了一个馒头。我则不忘了伯伯的言语。引孙如今在邻舍家,借了这一把儿铁锹,到祖坟上去浇奠一浇奠,烈些纸儿,添些土儿,也当做拜扫,尽我那人子之道。说话中间,可早来到这坟头了。刘员外,你泼天也似家私,那个来上坟也!〔做拜科,云〕公公、婆婆,生时了了,死后为神。我祭奠咱。这个是我父亲、母亲,您孩儿穷杀也!想您两口儿在生时,倚仗着公公、婆婆的爱,您要了伯伯、伯娘便宜;你便死了,今日都折乏在我身上。父亲、母亲,〔诗云〕我为甚么说十分惺惺使九分,留着一分与儿孙?则为你十分惺惺都使尽,今日个折乏的后代儿孙不如人。哎!"多无一二年,着你做个大大的财主。"刘引孙别无什么孝顺,我向祖坟上添些儿新土。我手里拿定这把铁锹,我和这铁锹上有个比喻:则为俺伯娘性子刚强,引孙我便是铁石人,放声啼哭。如今那好家财则教我那姐夫张郎把柄,今日着刘引孙划地受苦。我添了土也,可行祭祀的礼。则一个馒头,供养了公公、婆婆,我的父亲、母亲没有,倘若争这馒头,闹将起来,可怎么了?这也容易,劈做两半个,一半儿供养公公、婆婆,这一半儿供养父亲、母亲。奠了酒,烈了纸钱,祭祀已毕,我可破盘①咱。〔词云〕冬至来一百五日,正是那寒食时务。你看财主家何等风光,单则我凄凉坟墓。并没甚红干腊肉,并没甚清香甘露。拿定着这把锄头,也算得春风一度。〔做拿瓶与酒科,云〕这酒冷怎么吃?我去庄院人家,荡热了这酒,吃了呵,可来取我这把铁锹。我荡酒去也。〔下〕〔正末同卜儿上〕〔正末云〕老夫刘从善。今日是清明,往坟头祭扫去。婆婆,孩

---

① 破盘,祭物盛于盘中,祭毕,即就墓地食其馂余,曰破盘。

儿每去了么？〔卜儿云〕老的，孩儿每去多时了。这早晚，搭下棚，宰下羊，漏下粉，蒸下馒头，春盛担子，红干腊肉，荡下酒，六神亲眷①，都在那里，则等俺老两口儿，烧罢纸，要破盘哩。〔正末云〕婆婆，孩儿每则怕不曾来么？〔卜儿云〕老的，说孩儿每先来了也。〔正末云〕婆婆，孩儿每这早晚到了么？〔卜儿云〕老的，孩儿每这早晚到那里多时也。〔正末云〕走走走，你看我波，贪说话，险些儿不走过去了。婆婆，兀的不是咱的祖坟？咱坟头去来。〔卜儿云〕嗨！老的，险些儿错走了过去。〔正末云〕来到这坟上，兀的不搭下棚，宰下羊，漏下粉，蒸下馒头，荡下酒？红干腊肉，春盛担子，六神亲眷，都在那里也？〔卜儿云〕则怕孩儿每来得迟。〔正末云〕老人家再来！这等谎，你休要说！〔卜儿云〕我才说的这个谎儿。〔正末云〕看了这坟所，好是伤感人也呵！〔唱〕

〔越调斗鹌鹑〕你看祭台和这坟台，砖墙也那土墙，长出些个棘科和这荆科，那里有白杨也那绿杨？〔带云〕婆婆，恰才不有人上坟来那？〔唱〕上坟的是女儿和这侄儿，还是近房也那远房？婆婆哎！你觑那光塌塌的

---

① 六神亲眷，卜筮者既得六爻，则以青龙、白虎、朱雀、玄武、勾陈、腾蛇配合之，谓之六神；复以父母、子孙、兄弟、官鬼等名与六神相配合，故曰六神亲眷。

坟墓前，湿津津的田地上，不闻的肉腥和这鱼腥，那里取茶香也那酒香？

〔紫花儿序〕他添不到那两锹儿新土，烧不到那一陌儿银钱，溅①不到有那半碗儿的凉浆。〔云〕婆婆，兀的不有人来上了坟去了也？〔卜儿云〕老的也，是有人上坟来，好可怜人也！〔正末唱〕兀那上坟的潇洒，和俺这祭祖的也凄凉。参详。多管是雨下的多人来的稀和这草长的荒。我可甚么子孙兴旺？每日放群马和这群牛，那里有石虎也那石羊？

〔云〕婆婆，既是孩儿每不曾来哩，我和你先拜了坟罢！〔卜儿云〕老的，你也说的是，投到孩儿每来时，咱老两口儿先拜了坟者。〔正末云〕婆婆，这里拜拜。〔卜儿云〕老的也，这个是谁？〔正末云〕这个是太公、太婆。〔卜儿云〕太公、太婆，保佑俺家门兴旺。太公、太婆，早生天界。〔正末云〕这里拜拜。〔卜儿云〕这个是谁？〔正末云〕这的是咱父亲、母亲。〔卜儿云〕正是我的公公、婆婆哩。公公、婆婆，生时了了，死后为神。〔正末云〕这里也拜拜。〔卜儿云〕这个是谁？〔正末云〕这的是刘二两口儿，引孙的爹娘。〔卜儿云〕是引孙的父

---

① 溅，jiǎn，泼，倒。——校订者注

母。老的,你差了,他是咱的小,咱是他的大,我怎么拜他?〔正末云〕他活时节是咱的小,他今死了也,道的个生时了了,死后为神。婆婆,看老夫面皮,你拜几拜儿。〔卜儿云〕罢罢罢!我依着你。兀那刘二家两口儿,你在那坟墓里听者:想你在生时,倚仗着公公、婆婆,欺负俺两口儿,不想你也拔着短筹,都死了;又丢下个业种引孙,常时来缠门缠户的,早早的足瘸车辗马踏倒路死了,现报在我的眼里。〔正末云〕婆婆,拜着个坟,你那口里不曾住的。〔卜儿云〕呀!谁曾开口来?〔正末云〕婆婆,咱老两口儿百年之后在那里埋葬?〔卜儿云〕老的,我拣下了也。这一块地,正是高冈儿上,你看那树木,长的恰似伞儿一般,咱老两口儿百年之后这里埋葬。〔正末云〕婆婆,怕俺两口儿不能勾这里埋葬么?〔卜儿云〕我怎么不能勾这里埋葬?着那里埋葬去?〔正末云〕婆婆,俺道两口儿不能勾在这里埋葬,兀的那里埋葬去?〔卜儿云〕老的也,那里是一块下洼水渰①的绝地,俺不在这里埋葬,倒去那里埋葬?〔正末唱〕

〔调笑令〕则俺这一双老枯桩,我为无那儿孙不气长。百年身死深埋葬,坟穴道尽按着阴阳。咱两个死时节便葬在兀那绝地上,〔带云〕婆婆,到那冬年节下、

---

① 渰,yān,通"淹"。——校订者注

月一十五,婆婆也!〔唱〕谁与咱哭啼啼的烈纸烧香?

〔云〕婆婆,俺不能勾这里埋葬,只为俺没得儿子来。〔卜儿云〕俺怎生没儿子?现有姐姐、姐夫哩。〔正末云〕你看,我可早忘了。婆婆,孩儿每也未来哩,咱闲口论闲话。我问你咱,如今我姓什么?〔卜儿云〕你看这老的,越发老的糊突了,自家的个姓也忘了!你姓刘,是刘员外。〔正末云〕我姓刘,是刘员外。你可姓什么?〔卜儿云〕我姓李。〔正末云〕我姓刘,你姓李,你来俺这刘家门里做什么?〔卜儿云〕你还不晓得我?当初这刘家三媒六证,花红羊酒,行财纳礼,要到你这刘家门里做媳妇儿来。〔正末云〕街上人唤你做刘婆婆也是李婆婆?〔卜儿云〕这老的,你怎么葫芦提?我嫁的鸡随鸡飞,嫁的狗随狗走,嫁的孤堆坐的守,我和你生则同衾,死则同穴,一车骨头半车肉,都属了你刘家,怎么叫我做李婆婆?〔正末云〕婆婆,原来你这把骨头也属了俺刘家也。咱女儿姓什么?〔卜儿云〕咱女儿也姓刘,是刘引张。〔正末云〕咱女婿姓什么?〔卜儿云〕女婿姓张,是张郎。〔正末云〕我问你咱:俺女儿百年之后,可往俺刘家坟里埋也,去他张家坟里埋?〔卜儿云〕俺女孩儿百年之后,去他张家坟里埋。〔做悲科,云〕嗨!这老的,你怎生只想到那里?老的,真个俺无儿的好不气长也。〔正末云〕婆婆,你才省了也。〔卜儿云〕怎生得个刘家门里的亲人来，可也好哩！〔引孙上，云〕自家引孙是也。恰才热了钟酒吃，可来取我那把铁锹去咱。〔见科〕〔卜儿云〕引孙儿也，你来了也。你那里去来？你这几日怎么不到我家里吃饭来？你伯伯也在这里。〔引孙云〕您孩儿上坟来，伯娘休打引孙！〔卜儿云〕孩儿也，我不打你。你则在这里，我和你伯伯说去。老的，小刘大也在这里。〔正末云〕婆婆，什么小刘大？〔卜儿云〕是咱引孙孩儿。〔正末云〕则叫他做引孙可便了也，什么小刘大？〔卜儿云〕老的，孩儿每各自也有几岁年纪。〔正末云〕着他过来，我问他。引孙，你来这里做什么？〔引孙做见科，云〕您孩儿上坟来。〔正末云〕婆婆，你听引孙道他上坟来。〔卜儿云〕老的也，是孩儿上坟来。〔正末云〕引孙，谁烈纸来？〔引孙云〕是您孩儿烈纸来。〔正末云〕婆婆，引孙道他烈纸来。〔卜儿云〕是孩儿烈纸来。〔正末云〕谁添土来？〔引孙云〕是您孩儿添土来。〔正末云〕婆婆，引孙道他添土来。〔卜儿云〕老的也，我知道了也。〔正末云〕引孙，你上坟来，你烈纸来，你添土来，则不你来，你背后又有一个，我打这贼丑生！〔卜儿做劝科，云〕员外，你为什么打孩儿？〔正末云〕婆婆放手。〔唱〕

〔小桃红〕则咱这弟兄儿女总排房，向这一个坟茔里葬。辈辈流传祭祖上，〔带云〕引孙，〔唱〕俺两口儿须大如您爹娘。〔卜儿做劝科，云〕老的也，你休打他！

〔正末唱〕哎！你个莲子花放了我这过头杖①。〔带云〕我不打这厮别的，〔唱〕这厮祭祖先可怎生无些儿家大量？则这个便是上坟的小样。〔卜儿云〕老的也，你说了呵打。〔正末云〕婆婆，我打了呵说。〔卜儿云〕你说了呵打。〔正末云〕婆婆，你放手。〔唱〕因此上便先打了后商量。

〔云〕引孙，是你上坟来么？〔引孙云〕是您孩儿上坟来。〔正末云〕你为甚么不搭大棚，杀下羊，漏下粉，蒸下馒头，荡下酒？红干腊肉，春盛担子，六神亲眷，都在那里那？〔卜儿云〕这个老的好笑，孩儿又没钱，他吃的穿的也无，教他那里讨这许多那？〔正末云〕你道他无钱？引孙你见么？〔引孙云〕您孩儿见些甚么？〔正末云〕引孙，兀那鸦飞不过的庄宅，石羊石虎那坟头不去，到俺这里做什么来？〔卜儿云〕老的，你差了也。那座坟，知他姓张也，姓李也。他是俺刘家的子孙，他怎么不到俺刘家坟里来？〔正末云〕谁是俺刘家的子孙？〔卜儿云〕引孙是俺刘家的子孙。〔正末云〕我不知道引孙是俺刘家子孙，我则知道姐姐、姐夫是俺刘家的子孙。〔卜儿云〕老的也，你越饶着越逞。为人谁无个错处？我当初是我执迷来。

---

① 莲子，与怜子同音。莲子花，谐声语。元张国宾《合汗衫》杂剧中有云："世上则有莲子花。"盖元时俗语有此。过头杖，拄杖之高而过于头者。

孩儿，想我也曾打你，也曾骂你。从今日为始，则在我家里住，吃的穿的，我尽照管你，休记我的毒哩！〔引孙云〕伯伯，伯娘说，从今为始，也不打我，也不骂我，则着我在家里住，吃的穿的，尽照管孩儿哩。〔正末云〕是谁说来？〔引孙云〕是伯娘说来。〔正末云〕是你伯娘说来？天也！这的是睡里也是梦里？〔唱〕

〔鬼三台〕好事从天降，呆汉回头望。〔引孙云〕我谢了伯伯。〔正末云〕你休拜我，〔唱〕则拜你那恰回心的伯娘。〔卜儿同引孙做悲科〕〔正末唱〕则见他子母每哭嚎啕，泪出他这痛肠。昨日个唬的你慌上慌，哎！儿也！从今后不索你忙上忙。〔云〕婆婆，这个是谁家的坟？〔卜儿云〕老的也，这是俺刘家的坟。〔正末唱〕则俺这坟所属刘，我怎肯着家缘姓张？

〔张郎同旦儿、社长上〕〔社长云〕好快活也！〔正末云〕是谁家这般热闹上坟？〔社长云〕是刘张员外家上坟哩。〔正末云〕怎生是刘张员外？〔社长云〕老的，你不知道，张家的孩儿，与刘家做女婿，唤他做刘张员外。〔正末云〕我对俺那婆婆说去。婆婆，咱女婿来了也，我和你破盘去来。〔卜儿做打科，云〕你两个贱人都在那里？这早晚才来。〔正末唱〕

〔紫花儿序〕哎,你个择邻的孟母①,休打这刻木的丁兰②,〔云〕婆婆放手,这干那女婿什么事?〔唱〕且问你那跨虎的杨香③。〔卜儿云〕孩儿,我为甚么打你几下?您父亲烦恼哩。孩儿也,你为甚么不穿些好衣服?〔旦儿云〕则这般罢波。〔卜儿云〕将钥匙来,着下次孩儿每④取衣服去。〔张郎云〕浑家,中么?〔旦儿云〕不妨事,奶奶向着俺哩。兀的钥匙。〔卜儿做拿钥匙科,云〕你两个贱人,再也休上我门来!老的,你十三把钥匙,我都赚将出来了也。〔正末唱〕哎,女婿着出舍,闺女着回房,相当。得意梁鸿引着你这孟光⑤,炒闹了一个太公庄上。你也再休踹我刘门,我今也靠不着你个张郎。

〔卜儿云〕老的,兀的十三把钥匙,你依旧当了这家罢,我年纪老了。〔正末云〕婆婆,你道你年纪大了,我也不小。婆

---

① 择邻孟母,《列女传》:孟子之母,三徙择邻以教子。
② 刻木丁兰,《逸人传》:"丁兰者,河内人也。少丧考妣,不及供养,乃刻木为人,仿佛亲形,事之若生。"
③ 跨虎杨香,《异苑》:杨丰为虎所噬,女香,年十四岁,手无寸刀,直扼虎头,父遂得免。
④ 下次孩儿每,指仆人们。——校订者注
⑤ 梁鸿、孟光,《后汉书·梁鸿传》:梁鸿,字伯鸾,扶风人。家贫而尚节介,博览无不通。娶同县孟氏女,名光,字曰德曜,共入霸陵山中,以耕织为业。

婆,你掌把这家私。〔卜儿云〕我才十八岁儿哩,是你当家者。〔正末云〕还是你当家者。〔卜儿云〕老的也,则管里嚷,眼面前放着个当家的。老的也,我待将这十三把钥匙与引孙孩儿当家者,你意下如何?〔正末云〕婆婆,莫不忒早了些?〔卜儿云〕咱合了眼,可迟了也。〔正末云〕婆婆,你说的是。〔卜儿云〕引孙,近前来,兀的十三把钥匙,都与你,你去当家。〔引孙云〕谢了伯娘!姐夫靠后,我闻不的这一阵穷气。〔张郎云〕你就不忘了一句儿。〔正末唱〕

〔秃厮儿〕着女婿别无指望,做女的也合斟量。则这家私里外您尽掌,孝父母,奉蒸尝①,也波周方。

〔圣药王〕这一场,胡主张,您须热闹俺荒凉。您行短,俺见长,姓刘的家私着姓刘的当。女儿也不索便怨爹娘。

〔卜儿云〕俺这家私里外,都着引孙掌了。俺家去来。〔正末云〕婆婆,俺和你家去来。〔唱〕

〔收尾〕你可便休和他折证休和他强。自古道女生外向。他到门日且休题,只着他上坟时自思

---

① 蒸尝,亦作"烝尝"。《诗经·小雅·天保》:"禴祠烝尝,于公先王。"《礼记·祭统》:"春祭曰礿,夏祭曰禘,秋祭曰尝,冬祭曰烝。"

想。〔下〕

〔引孙云〕姐夫,你好歹也不想我今日还做财主,十三把钥匙,都在我手里。我也不和你一般见识,我与你这把钥匙,你一世儿吃不了。你拜。〔做与钥匙科〕兀的你欢喜么?〔张郎云〕可知欢喜哩。〔引孙云〕你个傻厮!这是开茅厮门的。〔同众下〕

第四折　用真文韵

〔正末同卜儿、引孙上,云〕老夫刘从善。今日是老夫贱降的日子,就顺带着庆贺小员外当家。引孙孩儿,谁想你有今日也呵?〔唱〕

〔双调新水令〕一杯寿酒庆生辰,则我这满怀愁片言难尽。只因那几贯财,险缠杀我百年人。我受了万苦千辛,我受了那一生骂半生恨。

〔张郎同旦儿上,云〕自家张郎的便是。今日父亲生日,俺两口儿拜父亲去。早来到门首也。小舅。〔引孙云〕那里一阵穷气?姐夫,你那里去来?〔张郎云〕我道你不是个受贫的人么。俺来拜父亲哩。〔引孙云〕姐姐、姐夫,我报复去。〔报科,云〕父亲,有姐姐、姐夫在于门首。〔正末云〕谁在门首?〔引孙云〕是姐姐、姐夫哩。〔正末唱〕

〔清江引〕你道是女儿、女婿都在门,我可为甚么不容他进?你只问他:使的是那家钱?上的是那家坟?〔带云〕他今日又上俺门来。〔唱〕显的俺两口儿无气分。

〔引孙云〕伯伯、伯娘,休和他一般见识的。〔正末唱〕

〔碧玉箫〕那厮每言而无信,凡事惹人嗔,怕不关亲。怎将俺不瞅问?〔带云〕引孙,〔唱〕俺只索唤引孙,近前来听处分:你若是放这两人,踏着我正堂门,我敢哏,我便拷你娘么那三十棍。

〔卜儿云〕老的,这孩儿每也孝顺,将就他些罢。〔正末唱〕

〔落梅风〕你道他本贤达,能孝顺,只我个老无知偏生嗔忿。谁着他信夫妇的情,就忘了我养育的恩?〔云〕引孙,你对他说去,都不干我事。〔唱〕这都是他自做来有家难奔。

〔云〕引孙,你去说道:有亲如你的,便着过来。〔引孙见科,云〕父亲道:有亲似我引孙的,便着过去。〔做唤科,云〕小梅姨姨,你领着孩儿来见父亲去。〔小梅同俫儿上,云〕妾身小梅是也。今有姐姐呼唤,我领着孩儿见爹去来。〔做见科,云〕爹,我小梅和孩儿来了也。〔正末云〕兀的不是小梅?你在

那里来?〔小梅云〕爹,你可也三年忘却数年亲哩。〔正末唱〕

〔水仙子〕你道我三年忘却数年亲。〔云〕小梅,你是近身扶侍我的,怎么跟别人走了?你这小贱人。〔唱〕你可是么一夜夫妻百夜恩?〔小梅云〕爹,你今日有了孩儿也。〔正末云〕谁是我孩儿?〔小梅云〕这不是你孩儿?〔正末云〕真是我孩儿?〔唱〕今日个谁非谁是都休论。婆婆也,早则有了拖麻拽布的人。〔云〕我儿也,你叫我一声爹爹。〔俫儿云〕爹爹。〔正末唱〕他那里便叫一声,可则引了我灵魂。哎!你使着这嫉妒的心一片,图谋的钱几文,险送了我也剪草除根。〔云〕引孙,请过姐姐、姐夫来。姐姐,这三年小梅在那里来?〔旦儿云〕父亲不知,听您女孩儿从头说咱。当初小梅有半年的身孕,张郎使嫉妒心肠,要所算了小梅。您女孩儿想来:父亲偌大年纪,若所算了小梅,便是绝嗣了。父亲,您女孩儿将小梅寄在东庄里姑姑家中,分娩得了这个孩儿。这三年光景,吃穿衣饭,都是您女孩儿照管。〔诗云〕则为父亲忒心慈,掌把许来大家私。今日白头爹休怨我这青春女,你便有孝顺侄,怎强似的亲儿?〔正末云〕孩儿,你不说我怎知道?〔唱〕

〔雁儿落〕原来这亲的则是亲,我当初恨呵须当恨。那女夫便是各白的人,那女儿也该把俺刘家认。

〔卜儿云〕老的,谁想刘员外自家有了孩儿也。〔正末唱〕

〔得胜令〕婆婆,咱早则绝地上不安坟,则咱这孝堂里有儿孙。你今日个得病如医病,〔旦儿云〕父亲今日有了孩儿也,休忘了您女孩儿!〔正末唱〕姐姐,我怎肯知恩不报恩?〔引孙云〕今日有了儿也,十三把钥匙还了伯伯。您孩儿则做的一日财主。〔正末唱〕你一世儿为人,这的是大富十年运,咱三口儿都亲。〔带云〕俺女儿、侄儿和这孩儿,〔唱〕我把这泼家私做三分儿分。

〔云〕您一家人听老夫说者:〔词云〕六十年趱下家私,为无儿每每嗟咨。亲兄弟不幸早丧,引孙侄遣出多时。狠张郎妄图家业,孝顺女暗抚亲支。遇寒食上坟祭扫,伤感处化妒为慈。因此上指绝地苦劝糟糠妇,不枉了散家财天赐老生儿。

题目　指绝地苦劝糟糠妇
正名　散家财天赐老生儿

东堂老杂剧提要

此剧为忠实朋友写出身份，为败家子弟指出迷途。有赵国器者，以经商起家，子名扬州奴，不肖。赵忧虑成疾，临殁托孤于老友李茂卿，暗寄课银五百锭，为救子之用。赵殁，扬州奴亲信淫朋，迷恋花酒，李茂卿苦劝且杖之，不听，卒至家产尽废，挈妻住破窑，为乞丐。后借得少资，为负贩以糊口，勤苦节啬。李则暗以赵所寄银尽收买赵子所废产，迨察赵子已诚悔悟改，乃悉举以归赵子焉。

遗产制之不善，不待今人言，古人已详言之。周公曰："相小人，厥父母勤劳稼穑，厥子乃不知稼穑之艰难，乃逸，乃谚，既诞，否则侮厥父母，曰：'昔之人无闻知。'"汉疏广曰："贤而多财，则损其志；愚而多财，则益其过。"此明证也。但人以爱子故,恒欲多蓄田宅财物,以遗子孙。其究也,不知稼穑艰难之子,欲其善保田宅财物,又恶可得?终且人财两丧,比比然也。此非爱之,而实害之也。此剧幸李茂卿之忠实可靠,故扬州奴仍得享有父产。然如李茂卿者,安能多得?则遗产制之幸亦仅矣。

剧中所言扬州奴败产之事,只有狎妓饮酒,其淫朋恶党,为狎妓饮酒之媒,想元时所有耗金之术,不过如此。今者,耗金之术,较前益增,烟也,赌也,种种娱乐之方也,皆足使人迷眩,则富家子弟益危。扬州奴既经败落之后,能自力负贩,犹不失回头得岸,彼世之终不回头者何限!则富家愈为可危。且富家得荒淫逸乐以为娱,贫人不能得,则因羡生妒,因妒生争,世界阶级之战斗,此亦其一基矣。世之主政治者,尝注意于至纤至悉,一家一人之害,即全社会之害,观此,亦以见政治禁令之不可忽也。

东堂老劝破家子弟杂剧

元秦简夫撰
明吴兴臧晋叔校

楔 子

〔冲末扮赵国器扶病引净扬州奴、旦儿翠哥上〕〔赵国器云〕老夫姓赵,名国器,祖贯东平府人氏。因做商贾,到此扬州东门里牌楼巷居住。嫡亲的四口儿家属:浑家李氏,不幸早年下世;所生一子,就唤做扬州奴;娶的媳妇儿也姓李,是李节使的女孩儿,名唤翠哥,自娶到老夫家中,这孩儿里言不出,外言不入,甚是贤达。想老夫幼年间做商贾,早起晚眠,积攒成这个家业,指望这孩儿久远营运。不想他成人已来,与他娶妻之后,只伴着那一伙狂朋怪友,饮酒非为,吃穿衣饭,不着家业。老夫耳闻眼睹，非止一端，因而忧闷成疾，昼夜无眠，眼见的觑天远，入地近，无那活的人也。老夫一死之后，这孩儿必败我家，枉惹后人谈论。我这东邻有一居士，姓李，名实，字茂卿。此人平昔与人寡合，有古君子之风，人皆呼为东堂老子，和老夫结交甚厚。他小老夫两岁，我为兄，他为弟，结交三十载，并无离间之语。又有一件：茂卿妻恰好与老夫同姓，老夫妻与茂卿同姓，所以亲家往来，胜如骨肉。我如今请过他来，将这托孤的事，要他替我分忧，未知肯否何如？扬州奴那里？〔扬州奴应科，云〕你唤我怎么？老人家，你那病症，则管里叫人的小名儿，各人也有几岁年纪，这般叫，可不折了你？〔赵国器云〕你去请将李家叔叔来，我有说的话。〔扬州奴云〕知道。下次小的每①，隔壁请东堂老叔叔来。〔赵国器云〕我着你去。〔扬州奴云〕着我去？则隔的一重壁，直起动我走这遭儿？〔赵国器云〕你怎生又使别人去？〔扬州奴云〕我去，我去，你休闹！下次小的每，鞴马。〔赵国器云〕只隔的个壁儿，怎要骑马去？〔扬州奴云〕也着你做我的爹哩！你偏不知我的性儿，上茅厕去也骑马哩。〔赵国器云〕你看这厮！〔扬州奴云〕我去，我去，又是我气着你也！出的这门来，这里也

---

① 下次小的每，元时俗语，呼仆役之概词。

无人。这个是我的父亲,他不曾说一句话,我直挺的他脚稍天。这隔壁东堂老叔叔,他和我是各白世人,他不曾见我便罢,他见了我呵,他叫我一声扬州奴,哎哟!唬得我丧胆亡魂,不知怎生的是这等怕他!说话之间,早到他家门首。〔做咳嗽科〕叔叔在家么?〔正末扮东堂老上,云〕门首是谁唤门?〔扬州奴云〕是你孩儿扬州奴。〔正末云〕你来怎么?〔扬州奴云〕父亲着扬州奴请叔叔,不知有甚事。〔正末云〕你先去,我就来了。〔扬州奴云〕我也巴不得先去,自在些儿。〔下〕〔正末云〕老夫姓李,名实,字茂卿,今年五十八岁,本贯东平府人氏。因做买卖,流落在扬州东门里牌楼巷居住。老夫幼年也曾看几行经书,自号东堂居士;如今老了,人就叫我做东堂老子。我西家赵国器,比老夫长二岁,元是同乡,又同流寓在此,一向通家往来,已经三十余载。近日,赵兄染其疾病,不知有甚事,着扬州奴来请我,恰好也要去探望他。早已来到门首。扬州奴,你报与父亲知道,说我到了也。〔扬州奴做报科,云〕请的李家叔叔,在门首哩。〔赵国器云〕道有请。〔正末做见科,云〕老兄染病,小弟连日穷忙,有失探望,勿罪勿罪!〔赵国器云〕请坐。〔正末云〕老兄病体如何?〔赵国器云〕老夫这病,则有添,无有减,眼见的无那活的人也。〔正末云〕曾请良医来医治也不曾?〔赵国器云〕嗨!老夫不曾延医。居士与老夫最是契厚，请猜我这病症咱。〔正末云〕老兄着小弟猜病症，莫不是害风寒暑湿么？〔赵国器云〕不是。〔正末云〕莫不是为饥饱劳逸么？〔赵国器云〕也不是。〔正末云〕莫不是为些忧愁思虑么？〔赵国器云〕哎哟！这才叫做知心之友。我这病，正从忧愁思虑得来的。〔正末云〕老兄差矣！你负郭有田千顷，城中有油磨坊、解典库，有儿有妇，是扬州点一点二的财主。有甚么不足，索这般深思远虑那？〔赵国器云〕嗨！居士不知。正为不肖子扬州奴，自成人已来，与他娶妻之后，他合着那伙狂朋怪友，饮酒非为，日后必然败我家业，因此上忧懑成病，岂是良医调治得的！〔正末云〕老兄过虑，岂不闻邵尧夫戒子伯温曰"我欲教汝为大贤，未知天意肯从否"？"父在观其志，父没观其行。"父母与子孙成家立计，是父母尽己之心；久以后成人不成人，是在于他，父母怎管的他到底？老兄这般焦心苦思，也是干落得的。〔赵国器云〕虽然如此，莫说父子之情不能割舍，老夫一生辛勤，挣这铜斗儿家计①，等他这般废败，便死在九泉，也不瞑目。今日请居士来，别无叮嘱，欲将托孤一事专靠在居士身上，照顾这不肖，免至流落，老夫衔环结草之报，断不敢忘。〔正末起身科，云〕老兄重托，本不敢辞。但一

---

① 铜斗儿家计，庞大稳固的财富。——校订者注

者老兄寿算绵远；二者小弟才德俱薄，又非服制之亲，扬州奴未必肯听教训；三者老兄家缘饶富，"瓜田不纳履，李下不整冠"①。请老兄另托高贤！小弟告回。〔赵国器云〕扬州奴，当住叔叔咱！居士何故推托如此？岂不闻"可以托六尺之孤，可以寄百里之命"？老夫与居士通家往来三十余年，情同胶漆，分若陈雷②。今病势如此，命在须臾，料居士素德雅望，必能不负所请，故敢托妻寄子。居士，你平日这许多慷慨气节，都归何处？道不的个"见义不为，无勇也"！〔做跪。正末回跪科，云〕呀！老兄，怎便下如此重礼？则是小弟承当不起。老兄请起，小弟依允便了。〔赵国器云〕扬州奴，抬过桌儿来者。〔扬州奴云〕下次小的每，掇一张桌儿过来着。〔赵国器云〕我使你，你可使别人。〔扬州奴云〕我掇！我掇！你这一伙弟子孩儿们，紧关里叫个使一使，都走得无一个。这老儿若有些好歹，都是我手下卖了的。〔做掇桌儿科，云〕哎哟！我

---

① 瓜田不纳履，李下不整冠，古诗《君子行》："君子防未然，不处嫌疑间。瓜田不纳履，李下不整冠。"盖瓜田之旁纳履，有盗瓜之嫌疑；李树之下整冠，有摘李之嫌疑。故戒之。
② 情同胶漆，分若陈雷，《后汉书·独行列传》："陈重……少与同郡雷义为友。……义归举茂才，让于陈重，刺史不听，义遂阳狂被发，走不应命。乡里为之语曰：'胶漆自谓坚，不如雷与陈。'"——校订者注

长了三十岁,几曾掇桌儿!偏生的偌大沉重。〔做放桌儿科〕〔赵国器云〕将过纸墨笔砚来。〔扬州奴云〕纸墨笔砚在此。〔赵国器做写科,云〕这张文书,我已写了,我就画个字。扬州奴,你近前来,这纸上,你与我正点背画①个字者。〔扬州奴云〕你着我正点背画,我又无罪过,正不知写着甚么来。两手搦得紧紧的,怕我偷吃了。〔做画字科,云〕字也画了,你敢待卖我么?〔正末云〕你父亲则不待要卖了你待怎生?〔赵国器云〕这张文书,请居士收执者。〔又跪〕〔正末收科〕〔赵国器云〕扬州奴,请你叔叔坐下者。就唤你媳妇出来。〔扬州奴云〕叔叔现坐着哩。大嫂,你出来。〔旦儿上科〕〔赵国器云〕扬州奴,你和媳妇儿拜你叔父八拜。〔扬州奴云〕着我拜,又不是冬年节下,拜甚么?〔正末云〕扬州奴,我和你争拜那?〔扬州奴云〕叔叔,休道着我拜八拜,终日见叔叔拜,有甚么多了处?〔旦儿云〕只依着父亲,拜叔叔咱。〔扬州奴云〕闭了嘴!没你说话,靠后。咱拜!咱拜!〔做拜科,云〕一拜权为八拜。〔起身做整衣科,云〕叔叔,家里婶子好么?〔正末怒

---

① 正点背画,官文书常用朱笔首点尾钩,以明主政过目,并无增减伪造等弊。此用正点背画。正点者,纸之正面作点以为识;背画者,纸之背面画字以为信。书中语不令知,但使承认此书之非伪造。盖元时习惯法有此,今不行。

云〕噯！〔扬州奴云〕这老子越狠了也。〔正末云〕扬州奴，你父亲是甚么病？〔扬州奴云〕您孩儿不知道。〔正末云〕嗪声！你父亲病及半年，你划地不知道，你岂不知父病子当主之？〔扬州奴云〕叔叔息怒！父亲的症候，您孩儿待说不知来，可怎么不知？待说知道来，可也忖量不定。只见他坐了睡，睡了坐，敢是欠活动些。〔正末云〕扬州奴，你父亲立与我的文书上写着的甚么哩？〔扬州奴云〕您孩儿不知。〔正末云〕你既不知，你可怎生正点背画字来？〔扬州奴云〕父亲着您孩儿画，您孩儿不敢不画。〔正末云〕既是不知，你两口儿近前来，听我说与你。想你父亲生下你来，长立成人，娶妻之后，你伴着狂朋怪友，饮酒非为，不务家业，忧而成病。文书上写着道："扬州奴所行之事，不曾禀问叔父李茂卿，不许行。假若不依叔父教训，打死勿论。"你父亲许着俺打死你哩。〔扬州奴做打悲科，云〕父亲，你好下的也！怎生着人打死我那？〔赵国器云〕儿也，也是我出于无奈。〔正末云〕老兄，免忧虑，扬州奴断然不敢了也。〔唱〕

〔仙吕赏花时〕为儿女担忧鬓已丝，为家资身亡心末死，将这把业骨头常好是费神思。既老兄托妻也那寄子，〔带云〕老兄免忧虑。〔唱〕我着你终有个称心时。〔下〕

〔扬州奴做扶赵国器科，云〕大嫂，这一会儿父亲面色不好,扶着后堂中去。父亲,你精细着。〔赵国器云〕扬州奴,你如今成人长大,管领家私,照觑家小,省使俭用。我眼见的无那活的人也。〔诗云〕只为生儿性太庸,日夜忧愁一命终。若要趋庭承教训,则除梦里再相逢。〔同下〕

第一折　用萧豪韵

〔丑扮卖茶上,诗云〕茶迎三岛客,汤送五湖宾。不将可口味,难近使钱人。小可是卖茶的。今日烧得这镟锅儿热了,看有甚么人来。〔净扮柳隆卿、胡子传①上〕〔柳隆卿诗云〕不养蚕桑不种田,全凭马扁②度流年。〔胡子传诗云〕为甚侵晨奔到晚?几个忙忙少我钱。〔柳隆卿云〕自家柳隆卿,兄弟胡子传。我两个不会做甚么营生买卖,全凭这张嘴抹过日子。在城有一个赵小哥扬州奴,自从和俺两个拜为兄弟,他的勾当都凭我两个。他无我两个,茶也不吃,饭也不吃。俺两个若不是他呵,也都是饿死的。〔胡子传云〕哥,则我老婆的裤子也是他的,哥的网儿也是他的。〔柳隆卿云〕哎哟!坏了我的头也。〔胡子传〕哥,我们两个吃穿衣饭,那一件儿不是他的?我这

---

① 柳隆卿、胡子传,元曲中名帮闲之友为柳隆卿、胡子传,他曲皆然,盖为泛名。
② 马扁,拆"骗"字为二。

几日不曾见他，就弄得我手里都焦干了。哥，咱茶房里寻他去。若寻见他，酒也有，肉也有，吃不了的，还包了家去，与我浑家吃哩。〔柳隆卿做见卖茶科，云〕兄弟说得是。卖茶的，赵小哥曾来么？〔卖茶云〕赵小哥不曾来哩。〔柳隆卿云〕你与我看着。等他来时，对俺两个说。俺两个且不吃茶哩。〔卖茶云〕理会的。赵小哥早来了。〔扬州奴上，诗云〕四肢八脉刚带俏，五脏六腑却无才。村入骨头挑不出，俏从胎里带将来。自家扬州奴的便是，人口顺多唤我做赵小哥。自从我父亲亡化了，过日月好疾也，可早十年光景，把那家缘过活、金银珠翠、古董玩器、田产物业、孳畜牛羊、油磨房、解典库、丫鬟奴仆典尽卖绝，都使得无了也。我平日间使惯了的手、吃惯了的口，一二日不使得几十个银子呵，也过不去。我结交了两个兄弟：一个是柳隆卿，一个是胡子传。他两个是我的心腹朋友，我一句话还不曾说出来，他早知道，都是提着头便知尾的，着我怎么不敬他？我父亲说的，我到底不依；但他两个说的，合着我的心，趁着我的意，恰便经也似听他。这两日不见他，平日里则在那茶房里厮等，我如今到茶房里问一声去。〔做见科〕〔卖茶云〕赵小哥，你来了也，有人在茶房里坐着，正等你来哩。二位，赵小哥来了也。〔胡子传云〕来了来了！我和你一个做好，一个做歹。你出去。〔柳隆卿云〕兄弟，你出去。〔胡子传云〕哥，你出去。〔柳隆卿做见科,云〕哥,你在那里来?俺等了你一早起了。〔扬州奴云〕哥,这两日你也不来望我一望。〔柳隆卿云〕胡子传也在这里。〔扬州奴云〕我自过去。〔见科,云〕哥,唱喏咱。〔胡子传不采科〕〔柳隆卿云〕小哥来了。〔胡子传〕那个小哥?〔柳隆卿云〕赵小哥。〔胡子传云〕他老子在那里做官来?他也是小哥!诈官的该徒①。我根前歪充!叫总甲来,绑了这弟子孩儿。〔扬州奴云〕好没分晓!敢是吃早酒来?〔柳隆卿云〕俺等了一早起,没有吃饭哩。〔扬州奴云〕不曾吃饭哩,你可不早说!谁是你肚里蛔虫?与你一个银子,自家买饭吃去。〔做与砌末②科〕〔胡子传云〕看茶与小哥吃。你可这般嫩,就当不得了。〔扬州奴云〕哥,不是我嫩,还是你的脸皮忒老了些。〔柳隆卿云〕这里有一门亲事,俺要作成你。〔扬州奴云〕哥,感承你两个的好意。我如今不比往日,把那家缘过活,都做筛子喂驴——漏豆了③。止则有这两件儿衣服妆点着门面,我强做人哩,你作成别人去罢。〔胡子传云〕我说来么,你可不依我,这死狗扶不上墙的!〔扬州奴云〕哥,不是扶不上,我腰里货

---

① 徒,流放之刑。——校订者注
② 砌末,演剧时所用各种道具之统名。
③ 筛子喂驴,隐语。喂驴之豆,盛以槽则不漏,盛以筛则皆漏去。漏豆,盖俗语。筛子喂驴,则为隐藏漏豆之语。

不硬挣哩。〔柳隆卿云〕呸！你说你无钱，那一所房子是披着天王甲换不得钱的？〔扬州奴云〕哎哟！你那里是我兄弟，你就是我老子。紧关里谁肯提我这一句？是阿！我无钱使，卖房子便有钱使。哥，则一件：这房子，我父亲在时，只翻翻瓦，就使了一百锭。如今谁肯出这般大价钱？〔胡子传云〕当要一千锭，则要五百锭；当要五百锭，则要二百五十锭。人都抢着买了。〔扬州奴云〕说的是。当要一千锭，则要五百锭；当要五百锭，则要二百五十锭。人都抢着买。可不磨扇坠着手①哩。哥也！则一件：争奈隔壁李家叔叔有些难说话。成不得！成不得！〔胡子传云〕李家叔叔不肯呵，胁肢里扎上一指头②便了。〔扬州奴云〕是阿，他不肯，胁肢里扎上一指头便了。如今便卖这房子，也要个起功局、立帐子③的人。〔柳隆卿云〕我便起功局。〔胡子传云〕我便立帐子。〔扬州奴云〕哦！你起功局，你立帐子。卖了房子，我可在那里住？〔柳隆卿云〕我家里有一个破驴棚。〔扬州奴云〕你家里有个破驴棚，但得不漏，潜下身子，便也罢。可把甚么做饭吃？〔胡子传云〕我家里有一个破

---

① 磨，mò。磨扇坠着手，谓磨盘在手，意谓负担重，不便利。——校订者注
② 胁肢里扎指头，市语，盖谓紧要处与之下点，使之避闪。
③ 起功局、立帐子，出卖房产，当检点屋宇杂物而登记之，以计物而定值。起功局，谓点物；立帐子，谓登记。

沙锅、两个破碗和两双折箸，我都送与你，尽勾了你的也。〔扬州奴云〕好弟兄！这房子当要一千锭，则要五百锭；当要五百锭，则要二百五十锭。人见价钱少，就都抢着买。李家叔叔不肯呵，胁肢里扎他一指头便了。你替我立帐子，你替我起功局。你家有间破驴棚，你家有个破沙锅，你家有两个破碗、两双折箸，我尽勾受用快活。不着你两个歹弟子孩儿，也送不了我的命。〔同下〕〔正末同卜儿、小末尼上〕〔正末云〕老夫李茂卿的便是。不想我老友直如此先见，道："我死之后，不肖子必败吾家。"今日果应其言：恋酒迷花，无数年光景，家业一扫无遗。便好道"知子莫过父"，信有之也。〔唱〕

〔仙吕点绛唇〕原是祖父的窠巢，谁承望子孙不肖，剔腾了。想着这半世勤劳，也枉做下千年调。

〔混江龙〕我劝咱人便休生奸狡，则恐怕命中无福也难消。大古①来前生注定，谁许你今世贪饕？那一个积趱的运穷呵君子拙，那一个享用的家富也小儿骄。〔带云〕我想这钱财也非容易博来的。〔唱〕作买卖，恣虚嚣；开田地，广锄刨；断河泊，截渔樵；凿山洞，取煤烧。则他那经营处恨不的占尽了利

---

① 大古，大概，总之。——校订者注

名场，全不想到头时刚落得个邯郸道①。都是些喧檐燕雀②，巢苇的这鹪鹩③。

〔旦儿上，云〕自家翠哥的便是。自从公公亡化过了，扬州奴将家缘家计都使得罄尽，如今又要卖那一所房子哩。我去告诉那东堂叔叔咱。这便是他家了，不免径入。〔做见科，正末云〕媳妇儿，你来做甚么？〔旦儿云〕自从公公亡化之后，扬州奴将家缘家计都使尽了，他如今又要卖那一所房子，翠哥一径的禀知叔叔来。〔正末云〕我知道了也。等那丑贼生来时，我自有个主意。〔扬州奴同二净上〕〔柳隆卿云〕赵小哥，上紧着干，迟便不济也。〔扬州奴云〕转湾抹角，可早来到李家门首。哥，则一件：我如今过去，便不敢提这卖房子，这老儿可有些兜搭，难说话，慢慢的远打周遭和他说，你两个且休过来！〔做见唱喏科，云〕叔叔、婶子，拜揖。〔见旦儿，瞅科〕你来怎的？敢是你要告我那？

---

① 邯郸道，《枕中记》：吕翁卢生同客邯郸邸中。方蒸黄粱，吕翁取枕授卢生，曰枕此可荣适如愿。生适枕，末几，梦登第，出入将相五十年。及寤，黄粱尚未熟。
② 燕雀，《孔丛子·论势》："子顺曰：'……燕雀处屋，子母相哺，煦煦然其相乐也，自以为安矣。灶突炎上，栋宇将焚，燕雀颜不变，不知祸之及己也。'"
③ 鹪鹩，鸟之至小者。《庄子·逍遥游》："鹪鹩巢于深林，不过一枝。"

〔正末云〕扬州奴,你来怎的?〔扬州奴云〕我媳妇来见叔叔,我怕他年纪小,失了体面。〔二净入见正末,施礼拜科〕〔正末怒科,云〕这两个是什么人?〔二净云〕俺们都是读半《鉴》①书的秀才,不比那伙光棍。〔正末怒科,云〕你来俺家有何事?〔柳隆卿云〕好意与他唱喏,倒恼起来,好没趣!〔扬州奴云〕是您孩儿的相识朋友,一个是柳隆卿,一个是胡子传。〔正末云〕我认的甚么柳隆卿、胡子传?引着他们来见我。扬州奴!〔唱〕

〔油葫芦〕你和这狗党狐朋两个厮趁着。〔云〕扬州奴,你多大年纪也?〔扬州奴云〕您孩儿三十岁了。〔正末云〕嗫声!〔唱〕又不是年纪小,怎生来一桩桩好事不曾学?〔带云〕可也怪不的你来。〔唱〕你正是那内无老父尊兄道,却又外无良友严师教。〔云〕扬州奴,你有的叫化也。〔扬州奴云〕如何?且相左手,您孩儿便不到的哩。〔正末唱〕你把家私来荡散了,将妻儿来冻饿倒。我也还望你有个醉还醒,迷还悟,梦还觉,划地的可只与这等两个做知交。

〔扬州奴云〕这柳隆卿、胡子传,是您孩儿的好朋友。〔正

---

① 《鉴》,指《通鉴节要》。元代以蒙古语翻译,供国子学员习知。——校订者注

末云〕扬州奴！〔唱〕

〔天下乐〕哎！儿也！可道是人伴着贤良也那智转高。〔带云〕扬州奴，你只瞒了别人，却瞒不过老夫。〔唱〕你曾出的胎也波胞，你娘将你那绷藉包，你娘将那酥蜜食养活得偌大小。〔带云〕你父亲也只为你不务家业，忧病而死。〔唱〕先气得个娘命夭，后并的你那爷死了。好也啰！好也啰！你可什么养子防备老。

〔扬州奴云〕叔叔，这两个人，你休看得他轻，可都是读半《鉴》书的。〔正末云〕扬州奴，你平日间所行的勾当，我一桩桩的说，你则休赖！〔扬州奴云〕叔叔，您孩儿平日间敬的可是那一等人？不敬的可是那一等人？叔叔，你说与孩儿听咱。〔正末唱〕

〔那吒令〕你见一个新旦色下城呵，〔带云〕贼丑生，你便道："请波！请波！"〔唱〕连忙的紧邀。你见一个良人妇叩门呵，〔带云〕你便道："疾波！疾波！"〔唱〕你便降阶儿的接着。你见一个好秀才上门呵，〔带云〕你便道："家里没啰！家里没啰！"〔唱〕你抽身儿躲了。你傲的是攀蟾折桂手，你敬的是闭月羞花貌，甚么是那晏平仲善与人交！

〔鹊踏枝〕你则待要爱纤腰，可便似柔条。不离了舞榭歌台，不俫，更那月夕花朝。想当日个按《六幺》、舞《霓裳》未了①,猛回头,烛灭香消。

〔云〕扬州奴,你久以后有的叫化也。〔扬州奴云〕如何?且相右手,您孩儿不到的叫化哩。〔正末唱〕

〔寄生草〕我为甚叮咛劝、叮咛道?你有祸根、有祸苗。你抛撇了这丑妇家中宝,挑踢着美女家生俏②。哎!儿也!这的是你自作下穷汉家私暴。只思量倚檀槽③听唱一曲《桂枝香》,你少不的撇摇槌④学打几句莲花落。

〔六幺序〕那里面藏圈套,都是些绵中刺、笑里刀,那一个出得他捆打挞揉?止不过帐底鲛绡,酒畔羊羔,殢人的玉软香娇。半席地恰便似八百里梁山泊,抵多少月黑风高。那泼烟花专等你个腌材料,快准备着五千船盐引,十万担茶挑。

〔幺篇〕你把他门限儿蹉着,消息儿汤着⑤。那里

---

① 《六幺》《霓裳》,皆曲名。唐白居易《琵琶行》诗:"初为《霓裳》后《六幺》。"六幺,亦作"绿腰"。
② 俏,原作"哨",据脉望馆本改。——校订者注
③ 檀槽,《谭宾录》:"开元中,有中官白秀贞,自蜀使回,得琵琶以献。其槽逻皆杪檀为之,温润如玉,光耀可鉴。"
④ 摇槌,乞儿所持物。其制不可考。
⑤ 消息儿汤着,触发设下的机关,谓上了圈套。——校订者注

面又没官僚,又没王条,又没公曹,又没囚牢。到的来金谷也那富饶,早半合儿断送了。直教你无计能逃,有路难超。搜剔尽皮格也那翎毛,浑身遍体星星开剥,尽着他炙煿烹炮。那虔婆一对刚牙爪,遮莫你手轻脚疾,敢可也立做了骨化形销。

〔云〕扬州奴,你来怎的?〔扬州奴云〕叔叔,您孩儿无事也不敢来,今日一径的来告禀叔叔知道:自从俺父亲亡过,十年光景,只在家里死丕丕的闲坐,那钱物则有出去的,无有进来的。便好道"坐吃山空,立吃地陷",又道是"家有千贯,不如日进分文"。您孩儿想来,原是旧商贾人家,如今待要合人做些买卖去,争奈乏本。您孩儿想来,家中并无甚值钱的物件,止有这一所宅子,还卖的五六百锭。等我卖了做本钱,您孩儿各扎邦便觅个合子钱儿①。〔正末云〕哦,你将那油磨房、解典库、金银珠翠、田产物业都将来典尽卖绝了。止有这所栖身宅子,又要卖。你卖波,我买。〔扬州奴云〕既然叔叔要,把这房子东廊西舍、前堂后阁、门窗户闼,上下也点看一看,才好定价。〔正末云〕也不索看。〔唱〕

---

① 各扎邦,迅速,干脆。合子钱,一本一利。各扎邦便觅个合子钱儿,很快就挣到钱。——校订者注

〔一半儿〕问甚么东廊西舍是旧椽槬,〔扬州奴云〕前厅和后阁,都是新翻瓦的。〔正末唱〕问甚么那后阁前堂都是新盖造。〔扬州奴云〕既然叔叔要呵,你侄儿填定价钱五百锭,莫不忒多了些么？〔正末唱〕不是你歹叔叔嫌你索的来忒价高。〔扬州奴云〕叔叔,这钱钞几时有？〔正末云〕这许多钱钞,也一时办不迭。〔唱〕多半月,少十朝。〔扬州奴云〕叔叔,这项货紧,则怕着人买将去了。〔正末云〕你要五百锭,我先将二百五十锭交付你。〔唱〕我将这五百锭做一半儿赊来一半儿交。

〔云〕小大哥,你去取的来。〔小末做取钞科,云〕父亲,二百五十锭在此。〔正末付旦,扬州奴做夺科,云〕拿来！你那嘴脸,是掌财的？〔做递与二净科,云〕哥,你两人拿着。〔正末云〕你把这钞使完了时,再没宅子好卖了,你自去想咱。〔扬州奴云〕是,您孩儿商量做买卖,各扎邦便觅合子钱。〔背云〕哥,这二百五十锭,尽勾了。先去买十只大羊、五果五菜、响糖狮子,我那丈母与他一张独桌儿,你们都是鸳鸯客,把那桌子与我一字儿摆开着。〔柳隆卿云〕随你摆布。〔正末做听科,云〕扬州奴,你做甚么来？〔扬州奴云〕没,您孩儿商议做买卖哩。拿这钞去置买各项货物,都要堆在桌子上,做一字儿摆开着,那过来过往的人见了,称赞道:"好一个大本钱的客人!"也有些光彩。您孩儿这一遭做买卖,各扎邦便觅一个合子钱哩。〔正末云〕好儿,你着志者。〔扬州奴云〕嗨!几乎被那老子听见了。哥,吃罢那头汤,天道暄热,都把那帽笠去了,把那衣服松一松,将那四下的吊窗都与我推开了。〔正末云〕扬州奴,你说甚的?〔扬州奴云〕没,您孩儿商量做买卖。到那榻房里,不要黑地里交与他钞;黑地里交钞,着人瞒过了。常言道:"吃明不吃暗。"你把吊窗与我推开。您孩儿商量做买卖,各扎邦便觅一个合子钱。〔正末云〕好儿也,不枉了。〔扬州奴云〕老儿去了也。哥,下了那分饭,临散也,你把住那楼胡梯门。你便执壶,我便把盏,再吃个上马的钟儿。着我那大姐宜时景,带舞带唱华严的那海会。〔正末云〕扬州奴,你怎的说?〔扬州奴云〕没。〔正末云〕你看这厮!〔唱〕

〔赚煞〕你将这连天的宅憎嫌小,负郭的田还不好,一张纸从头儿卖了。不知久后栖身何处着,只守着那奈风霜破顶的砖窑。哎!儿也!心下自量度,则你这夜夜朝朝,可甚的买卖归来汗未消。出脱了些奇珍异宝,花费了些精银响钞。哎!儿也!怎生把邓通钱①,

---

① 邓通钱,《史记·佞幸列传》:"(文帝)赐邓通蜀严道铜山,得自铸钱,邓氏钱布天下。"

刚博得一个乞化的许由瓢①?〔下〕

〔扬州奴云〕哥,早些安排齐整着,可来回我的话。〔下〕

第二折　用庚亭韵

〔正末同卜儿、小末尼上〕〔正末云〕自家李茂卿。则从买了扬州奴的住宅,付与他钱钞,他那里去做甚么买卖!多咱又被那两个光棍弄掉了。败子不得回头,有负故人相托。如之奈何?〔小末云〕父亲,您孩儿这几时做买卖,不遂其意,也则是生来命拙哩。〔正末云〕孩儿,你说差了。那做买卖的,有一等人肯向前,敢当赌,汤风冒雪,忍寒受冷;有一等人怕风怯雨,门也不出。所以孔子门下三千弟子,只子贡善能货殖,遂成大富。怎做得由命不由人也?〔唱〕

〔正宫端正好〕我则理会有钱的是咱能,那无钱的非关命。咱人也须要个干运的这经营。虽然道贫穷富贵生前定,不俫,咱可便稳坐的安然等?

〔卜儿云〕老的,你把那少年时挣人家的道路也说与孩儿知道咱。〔正末唱〕

---

① 许由瓢,《史记·伯夷列传》:"尧让天下于许由,许由不受,耻之逃隐。"南朝梁刘孝威《奉和六月壬午应令》诗:"石累元卿径,枝挂许由瓢。"

〔滚绣球〕想着我幼年时血气猛,为蝇头努力去争。哎哟!使的我到今来一身残病。我去那虎狼窝不顾残生,我可也问甚的是夜,甚的是明,甚的是雨,甚的是晴!我只去利名场往来奔竞,那里也有一日的安宁?投至得十年五载我这般松宽的有,也是我万苦千辛积攒成。往事堪惊。

〔旦儿上,云〕妾身翠哥。自从扬州奴卖了房屋,将着那钱钞,与那两个帮闲的兄弟,去月明楼上与宜时景饮酒欢会去了。我不敢隐讳,告李家叔叔去咱。可早来到也。小大哥,报复去,道有翠哥来见叔叔。〔小末报科,云〕父亲,有翠哥在门首。〔正末云〕着他过来。〔小末出云〕翠哥,父亲着你过去。〔旦儿做见科,云〕叔叔、婶子,万福!〔正末云〕孩儿也,你来做甚么那?〔旦儿做悲科〕〔正末唱〕

〔倘秀才〕我见他道不出喉咙中气哽,我见他揾不住可则扑簌簌腮边也那泪倾。〔旦儿云〕兀的不气杀你孩儿也!〔哭科〕〔正末唱〕你这般撧耳挠腮可又便怎生?〔旦儿云〕叔叔,扬州奴将那卖房屋的钱钞,与那两个帮闲的兄弟,去月明楼上与宜时景饮酒去了。他若使的钱钞无了呵,连我也要卖哩。叔叔,如此怎了也?〔正末唱〕我这里听仔细,你那里说叮咛,他他他可直恁般的不醒!

〔旦儿云〕叔叔，想亡过公公挣成锦片也似家缘家计，指望与子孙永远居住，谁想被扬州奴破败了也！〔正末唱〕

〔滚绣球〕休言家未破，破家的人未生；休言家未兴，兴家的人未成。古人言一星星显证。〔带云〕那为父母的，〔唱〕恨不得儿共女辈辈峥嵘。只要那家道兴，钱物增，一年年越昌越盛。〔带云〕怎知道生下儿女呵，〔唱〕偏生的天作对不称人情！他将那城中宅子庄前地，都做了风里扬花水上萍。哎！可惜也锦片的这前程！

〔云〕小大哥，咱领着数十条好汉，径到月明楼上，打那丑贼生去来。〔下〕〔扬州奴、柳隆卿、胡子传上〕〔扬州奴云〕自家扬州奴。端的好快活也！俺今日自在的吃两钟儿，直吃得尽醉方归。〔胡子传云〕酒食都安排下了也。〔扬州奴云〕俺都要尽醉方归。〔做把杯科〕〔正末冲上，云〕扬州奴！〔扬州奴做怕科，云〕嗨！把我这一席儿好酒来搅坏了。哎哟！叔叔，您孩儿请伙计哩。〔正末云〕扬州奴，这个是你的买卖？这个是你那各扎邦便觅个合子钱？我问你！〔唱〕

〔倘秀才〕你又不是拜扫冬年的节令，又不是庆喜生辰的事情，你没来由置酒张筵波把他众人来请。〔柳隆卿云〕好杀风景也那！〔正末唱〕你尊呵尊这厮什么德行？你重呵重这厮什么才能？哎！儿也！你怎生则寻着这等？

〔柳隆卿云〕老的，休这等那等的！俺们都是看半《鉴》书的秀才。〔正末云〕嗏声！谁读半《鉴》书来？〔唱〕

〔滚绣球〕你念的是赚杀人的天甲经。〔胡子传云〕我呢？〔正末唱〕你是个缠杀人的布衫领。〔带云〕则你那一生的学问呵，是那一声儿"哥，往那里去？带挈我也走一遭儿波！"〔唱〕你则道的个愿随鞭镫，你便闯一千席呵，可也填不满你这穷坑。〔正末做打科〕〔扬州奴云〕您孩儿也仿两个古人，学那孟尝君三千食客①，公孙弘东阁招贤②哩。〔正末云〕呸！亏你不识羞。〔唱〕那孟尝君是个公子，公孙弘是个名卿。他两个在朝中十分恭敬，但门下都一划群英。我几曾见禁持妻子这等无徒③辈，〔正末做打科〕〔胡子传云〕老的，踹了脚也。〔正末唱〕更和那不养爹娘的贼丑生！〔柳隆卿云〕老的，你可也闲淘气哩。〔正末唱〕气杀我烈焰腾腾。

---

① 孟尝君三千食客，《史记·孟尝君列传》："孟尝君太息叹曰：'文常好客，遇客无所敢失，食客三千有余人，先生所知也。……'"
② 公孙弘东阁招贤，《汉书·公孙弘传》："弘自见为举首，起徒步，数年至宰相，封侯，于是起客馆，开东阁，以延贤人，与参谋议。"
③ 无徒，犹云无赖。

〔云〕扬州奴，我量你到得那里，你明日叫化也。〔扬州奴云〕如何？且相左手，您孩儿也不到的哩。〔正末唱〕

〔倘秀才〕你道有左慈①术踢天弄井，项羽力拔山也那举鼎，这厮们两白日把泥球儿换了眼睛。你便有那降魔咒，度人经，也出不的这厮们鬼精。

〔云〕扬州奴，你不听我的言语，看你不久便叫化也。〔扬州奴云〕如何？且相右手，您孩儿也不到的哩。〔正末唱〕

〔三煞〕你便似搅绝黑海那些饥寒的病，也则是赢得青楼薄幸名。〔柳隆卿云〕我可呢？〔正末唱〕你是那无字儿的空瓶。〔胡子传云〕我可呢？〔正末唱〕你是个脱皮儿裹剂②。〔柳隆卿云〕我两个人物也不丑。〔正末唱〕怕不道是外面儿温和，则你那彻底儿严凝。〔柳隆卿云〕你这老头儿不要琐碎，你只是把眼儿撑着，看我这架子衣服如何。〔正末唱〕我觑不的你梢宽也那褶下，肚叠胸高，鸭步鹅行。出门来呵，怕不道桃花扇影；你回窑去，匆匆匆，少不得风雪酷寒亭③。

---

① 左慈，《神仙传》：左慈，字元放。明五经，兼通星气。于天柱山中得《九丹金液经》，能变化万端，不可胜纪。
② 脱皮裹剂，包馅之面皮烂脱，谓粘黏无用。——校订者注
③ 风雪酷寒亭，元杨显之有《风雪酷寒亭》杂剧。盖元时穷乞人所居名。

〔柳隆卿云〕什么风雪酷寒亭!我则理会得闲骑宝马闲踢蹬哩。〔正末唱〕

〔二煞〕你道是闲骑宝马闲踢蹬,〔带云〕你两个到得家中,算一算帐:你得了多少?我得了多少?〔唱〕你只做得个旋扑苍蝇旋放生。〔扬州奴云〕叔叔,您孩儿有那施舍的心、礼让的意、江湖的量、慷慨的志,也不低哩。〔正末唱〕你有那施舍的心呵,讪笑得鲁肃[1];你有那慷慨的志呵,降伏得刘毅[2];你有那礼让的意呵,赛过得鲍叔[3];你有那江湖的量呵,欺压得陈登[4]。〔扬州奴云〕您孩儿平昔也曾赍发与人,做偌多的好事哩。〔正末唱〕你赍

---

[1] 鲁肃,《三国志·吴书·鲁肃传》:"周瑜……过候肃,并求资粮。肃家有两囷米,各三千斛,乃指一囷与周瑜。瑜益知其奇也,遂相亲结,定侨札之分。"

[2] 刘毅,《宋书·武帝纪上》:"刘毅家无担石之储,摴蒲一掷百万。"校订者按:摴蒲,chūpú,古博戏名,后亦指赌博。《晋书·刘毅传》:"毅刚猛沉断,而专肆很愎,与刘裕协成大业,而功居其次,深自矜伐,不相推伏。及居方岳,常怏怏不得志,裕每柔而顺之。毅骄纵滋甚,每览史籍,至蔺相如降屈于廉颇,辄绝叹以为不可能也。"

[3] 鲍叔,《史记·管晏列传》:"管仲曰:'吾始困时,尝与鲍叔贾,分财利,多自与。鲍叔不以我为贪,知我贫也。……'"

[4] 陈登,《三国志·魏书·陈登传》:陈登,字元龙,在广陵有威名。又犄角吕布有功,加伏波将军。后许汜与刘备在刘表坐,共论天下人物。汜曰:"陈元龙湖海之士,豪气不除。"备曰:"若元龙文武胆智,当求之于古耳,造次难得比也。"

发呵与那个陷本的商贾？你赍发呵与那个受困的官员？你赍发呵与那个薄落的书生？兀的不扬名显姓，光日月动朝廷？

〔一煞〕不强似与虔婆子弟三十锭，更和那帮懒钻闲二百瓶。你恋着那美景良辰，赏心乐事，会友邀宾，走骅也那飞鸲。〔云〕扬州奴，我问你：这是谁的钱物？〔扬州奴云〕是俺父亲的钱物。〔正末云〕谁应的使？〔扬州奴云〕是您孩儿应的使。〔正末唱〕这的是你爹行基业，是你自己钱财，须没个别姓来争。可怎生不与你妻儿承领，倒凭他胡子传和那柳隆卿？

〔扬州奴云〕我安排一席酒，着他请十个，便十个，请二十个，便二十个。不一时，他把那一席的人都请将来。叔叔，你着我怎么不敬他？〔正末云〕嚛声！〔唱〕

〔煞尾〕你有钱呵，三千剑客由他们请，〔带云〕一会儿无钱呵，〔唱〕哎，早闪的我在十二瑶台独自行。〔带云〕扬州奴，〔唱〕你有一日出落得家业精，把解典处本利停，房舍又无，米粮又罄，谁支持？怎接应？你那买卖上又不惯经，手艺上可又不甚能；掇不得重，可也拈不得轻。你把那摇槌来悬瓦罐来擎，绕间檐乞残剩。沙锅底无柴煨不热那冰，破窑内无席盖不了顶。饿得你肚皮里春雷也则是骨碌碌的鸣，脊梁上寒风笃速速的冷。急穰穰的楼头数不彻那更，〔带云〕这早晚多早晚也？〔唱〕冻刺刺窑中巴不到那明。痛亲眷敲门都没个应，好相识街头也抹不着他影。无食力的身躯怎的撑？冻饿倒的尸骸去那大雪里挺。没底的棺材谁共你争？半霎儿人扛你来土垫的平。你死后街坊兀自憎，干与你爹娘立这个名。我着那好言语劝你你不听，那厮们谎话儿弄你且是娘的灵。可知道你亲爷气成病，连着我也激恼的这心头怒转增。我若是拖到官中使尽情，我不打死你无徒改了我的姓！便有那人家谎后生，都不似你这个腌臜泼短命！则你那胎骨劣，心性顽，耳根又硬。哎！儿也！我其实道不改，教不成。只着那正点背画字纸儿，你可慢慢的省。〔下〕

〔扬州奴云〕这席好酒，弄的来败兴。随你们发放了罢，我自回家去也。〔二净同扬州奴下〕

第三折　用鱼模韵

〔扬州奴同旦儿携薄篮上〕〔扬州奴云〕不成器的看样也！自家扬州奴的便是。不信好人言，果有栖惶事。我信着柳隆卿、胡子传，把那房廊屋舍、家缘过活都弄得无了。如今可在城南破瓦窑中居住。吃了早起的,无晚夕的。每日家烧地眠,炙地卧,怎么过那日月?我苦呵,理当,我这浑家他不曾受用一日。罢罢罢!大嫂,我也活不成了,我解下这绳子来,搭在这树枝上,你在那边,我在这边,俺两个都吊杀了罢。〔旦儿云〕扬州奴,当日有钱时,都是你受用,我不曾受用了一些。你吊杀便理当,我着甚么来由?〔扬州奴云〕大嫂,你也说的是,我受用,你不曾受用。你在窑中等着,我如今寻那两个狗材去,你便扫下些干驴粪,烧的罐儿滚滚的,等我寻些米来,和你熬粥汤吃。天也!兀的不穷杀我也!〔扬州奴、旦儿下〕〔卖茶上,云〕小可是个卖茶的。今日早晨起来,我光梳了头,净洗了脸,开了这茶房,看有甚么人来。〔柳隆卿、胡子传上,云〕柴又不贵,米又不贵。两个傻厮,正是一对。自家柳隆卿,兄弟胡子传。俺两个是至交至厚、寸步儿不厮离的兄弟。自从丢了这赵小哥,再没兴头。今日且到茶房里去闲坐一坐,有造化,再寻的一个主儿也好。卖茶的,有茶拿来俺两个吃。〔卖茶云〕有茶,请里面坐。〔扬州奴上,云〕自家扬州奴。我往常但出门,磕头撞脑的,都是我那朋友兄弟。今日见我穷了,见了我的,都躲去了。我如今茶房里问一声咱。〔做见卖茶科,云〕卖茶的,支揖哩。〔卖茶云〕那里来这叫花的?咦!叫化的也来唱喏!〔扬州奴云〕好了!好了!我正寻那两个兄弟,恰好的在这里。这一头赍发①,可不喜也!〔做见二净唱喏科,云〕哥,唱喏来。〔柳隆卿云〕赶出这叫化子去。〔扬州奴云〕我不是叫化的,我是赵小哥。〔胡子传云〕谁是赵小哥?〔扬州奴云〕则我便是。〔胡子传云〕你是赵小哥?我问你咱:你怎么这般穷了?〔扬州奴云〕都是你这两个歹弟子孩儿弄穷了我哩。〔柳隆卿云〕小哥,你肚里饥么?〔扬州奴云〕可知我肚里饥。有甚么东西?与我吃些儿。〔柳隆卿云〕小哥,你少待片时,我买些来与你吃。好烧鹅、好膀蹄,我便去买将来。〔柳隆卿下〕〔扬州奴云〕哥,他那里买东西去了?这早晚还不见来!〔胡子传云〕小哥,还得我去。〔扬州奴云〕哥,你不去也罢。〔胡子传云〕小哥,你等不得他。我先买些肉、鲊、酒来与你吃。哥少坐,我便来。〔胡子传出门科〕〔卖茶云〕你少我许多钱钞,往那里去?〔胡子传云〕你不要大呼小叫的!你出来,我和你说。〔卖茶云〕你有甚么说?〔胡子传云〕你认得他么?则他是扬州奴。〔卖茶云〕他就是扬州奴?怎么做出这等的模样?〔胡子传云〕他是有钱的财主。他怕当差②,假妆穷哩。我两个少你

---

① 赍发,资助,白得的钱物。——校订者注
② 怕当差,官中徭役,每派富户当之,下有损失之赔偿,上有吏胥之需索,尤不幸者,致破家,故富户怕之。自明以前皆然,清始免征役而为雇役。

的钱钞,都对付在他身上,你则问他要,不干我两个事,我家去也。〔扬州奴做捉虱子科〕〔卖茶云〕我算一算帐:少下我茶钱五钱,酒钱三两,饭钱一两二钱,打发唱的耿妙莲五两,打双陆①输的银八钱,共该十两五钱。〔扬州奴云〕哥,你算甚么帐?〔卖茶云〕你推不知道,恰才柳隆卿、胡子传把那远年近日欠下我的银子都对付在你身上。你还我银子来!帐在这里。〔扬州奴云〕哥阿!我扬州奴有钱呵,肯妆做叫化的?〔卖茶云〕你说你穷,他说你怕当差,假妆着哩。〔扬州奴云〕原来他两个把远年近日少欠人家钱钞的帐都对付在我身上,着我赔还。哥阿,且休看我吃的,你则看我穿的,我那得一个钱来?我宁可与你家担水运浆,扫田刮地,做个佣工,准还你罢。〔卖茶云〕苦恼!苦恼!你当初也是做人的来,你也曾照顾我来,我便下的②要你做佣工还旧帐?我如今把那项银子都不问你要,饶了你,可何如?〔扬州奴云〕哥阿,你若饶了我呵,我可做驴做马报答你。〔卖茶云〕罢罢罢!我饶了你,你去罢。〔扬州奴云〕谢了!哥哥。我出的这门来,他两个把我稳在这里,推买东西去了。他两个少下的钱钞,都对在我身上,早则这哥哥饶了我,

---

① 双陆,博局戏名。《记纂渊海》:"双陆乃出天竺,《涅槃经》名为波罗塞戏。"
② 下的,忍心。——校订者注

不然，我怎了也？柳隆卿，胡子传，我一世里不曾见你两个歹弟子孩儿！〔同下〕〔旦儿云〕自家翠哥。扬州奴到街市上投托相识去了，这早晚不见来，我在此且烧汤罐儿等着。〔扬州奴上，云〕这两个好无礼也！把我稳在茶房里，他两个都走了，干饿了我一日。我且回那破窑中去。〔做见科〕〔旦儿云〕扬州奴，你来了也。〔扬州奴云〕大嫂，你烧得锅儿里水滚了么？〔旦儿云〕我烧得热热的了，将米来我煮。〔扬州奴云〕你煮我两只腿。我出门去，不曾撞一个好朋友。罢罢罢！我只是死了罢。〔旦儿云〕你动不动则要寻死。想你伴着那柳隆卿、胡子传，百般的受用快活，我可着甚么来由？你如今走投没路，我和你去李家叔叔讨口饭儿吃咱。〔扬州奴云〕大嫂，你说那里话？正是上门儿讨打吃。叔叔见了我，轻呵便是骂，重呵便是打。你要去，你自家去，我是不敢去。〔旦儿云〕扬州奴，不妨事。俺两个到叔叔门首，先打听着。若叔叔在家呵，我便自家过去；若叔叔不在呵，我和你同进去，见了婶子，必然与俺些盘缠也。〔扬州奴云〕大嫂，你也说得是。到那里，叔叔若在家时，你便自家过去见叔叔，讨碗饭吃，你吃饱了，就把剩下的包些儿出来我吃；若无叔叔在家，我便同你进去，见了婶子，休说那盘缠，便是饱饭也吃他一顿。天也！兀的不穷杀我也！〔同旦儿下〕〔卜儿上，云〕老身赵氏。今日老的大清早出去，看看日中了，怎么还不回来？下次孩儿每，安排下茶饭，这早晚敢待来也。〔扬州奴同旦儿上〕〔扬州奴云〕大嫂，到门首了，你先过去。若有叔叔在家，休说我在这里；若无呵，你出来叫我一声。〔旦儿云〕我知道了，我先过去。〔做见卜儿科〕〔卜儿云〕下次小的每，可怎么放进这个叫化子来？〔旦儿云〕婶子，我不是叫化的，我是翠哥。〔卜儿云〕呀！你是翠哥。儿也！你怎么这等模样？〔旦儿云〕婶子，我如今和扬州奴在城南破瓦窑中居住。婶子，痛杀我也！〔卜儿云〕扬州奴在那里？〔旦云〕扬州奴在门首哩。〔卜儿云〕着他过来。〔旦云〕我唤他去。〔扬州奴做睡科〕〔旦儿叫科，云〕他睡着了，我唤他咱。扬州奴！扬州奴！〔扬州奴做醒科，云〕我打你这丑弟子。天那！搅了我一个好梦，正好意思了呢！〔旦儿云〕你梦见甚么来？〔扬州奴云〕我梦见月明楼上，和那撇之秀两个唱那《阿孤令》，从头儿唱起。〔旦儿云〕你还记着这样儿哩，你过去见婶子去。〔扬州奴见卜儿，哭云〕婶子，穷杀我也！叔叔在家么？他来时，要打我，婶子劝一劝儿。〔卜儿云〕孩儿，你敢不曾吃饭哩？〔扬州奴云〕我那得那饭来吃？〔卜儿云〕下次小的每，先收拾面来与孩儿吃。孩儿，我着你饱吃一顿。你叔叔不在家，你吃！你吃！〔扬州奴吃面科〕〔正末上，云〕谁家子弟？骏马雕鞍。马上人半醉，坐下马如飞。拂两袖春风，荡满街尘土。

你看啰，吓！兀的不睐了老夫的眼也。〔唱〕

〔中吕粉蝶儿〕谁家个年小无徒？他生在无忧愁太平时务。空生得貌堂堂一表非俗。出来的拨琵琶，打双陆，把家缘不顾。那里肯寻个大老名儒，去学习些儿圣贤章句！

〔醉春风〕全不想日月两跳丸，则这乾坤一夜雨。我如今年老也逼桑榆①，端的是朽木材何足数、数。则理会的诗书是觉世之师，忠孝是立身之本，这钱财是倘来之物②。

〔云〕早来到家也。〔唱〕

〔叫声〕恰才个手扶拄杖走街衢，一步一步，蓦入门程去。〔做见扬州奴怒科，云〕谁吃面哩？〔扬州奴惊科，云〕我死也！〔正末唱〕我这里猛抬头，刚窥觑，他可也为甚么立钦钦怹的胆儿虚？

〔旦儿云〕叔叔，媳妇儿拜哩。〔正末云〕靠后。〔唱〕

〔剔银灯〕我其实可便消不得你这娇儿和幼女，我

---

① 桑榆，《后汉书·冯异传》：既破赤眉，光武降玺书劳冯异曰："始虽垂翅回溪，终能奋翼渑池，可谓失之东隅，收之桑榆。"案，东隅谓日出之所，桑榆谓日入之所。
② 倘来之物，侥幸得到、未必应得的东西。——校订者注

其实可便顾不得你这穷亲泼故。这厮有那一千桩儿情难容处,这厮若论着五刑发落,可便罪不容诛。〔带云〕扬州奴,你不说来:〔唱〕我教你成个人物,做个财主,你却怎生背地里闲言落可便长语?

〔云〕你不道来:我姓李,你姓赵,俺两家是甚么亲那?〔唱〕

〔蔓青菜〕你今日有甚脸,落可便踏着我的门户?怎不守着那两个泼无徒?〔扬州奴怕走科〕〔正末云〕那里走?〔唱〕唬得他手儿脚儿战笃速,特古里我根前你有甚么怕怖?则俺这小乞儿家羹汤少些姜醋①。

〔云〕还不放下!则吃你那大食里烧羊去。〔扬州奴做怕科,将箸敲碗科〕〔正末打科〕〔卜儿云〕老的也,休打他!〔扬州奴做出门科,云〕婶子,打杀我也!如今我要做买卖,无本钱,我各扎邦便觅合子钱。〔卜儿云〕孩儿也,我与你这一贯钱做本钱。〔扬州奴云〕婶子,你放心,我便做买卖去也。〔虚下,再上,云〕婶子,我拿这一贯钱去买了包儿炭来。〔卜儿云〕孩儿,你做甚么买卖哩?〔扬州奴云〕我卖炭哩。〔卜儿云〕你卖炭,可是何如?〔扬州奴云〕我一贯本钱,卖了一贯,

---

① 乞儿羹汤少姜醋,俗语。本曲以之作反讥语,与下文白中"你那大食里烧羊"相对。

又赚了一贯。还剩下两包儿炭,送与婶子烘脚,做上利哩。〔卜儿云〕我家有,你自拿回去受用罢。〔扬州奴云〕婶子,我再别做买卖去也。〔虚下,再上,叫云〕卖菜也!青菜、白菜、赤根菜、芫荽、胡萝卜、葱儿呵。〔卜儿云〕孩儿也!你又做甚么买卖哩?〔扬州奴云〕婶子,你和叔叔说一声,道我卖菜哩。〔卜儿云〕孩儿也!你则在这里,我和叔叔说去。〔卜儿做见正末科,云〕老的,你欢喜咱。扬州奴做买卖也!赚得钱哩。〔正末云〕我不信,扬州奴做甚么买卖来?〔扬州奴云〕您孩儿头里卖炭,如今卖菜。〔正末云〕你卖炭呵,人说你甚么来?〔扬州奴云〕有人说来:"扬州奴卖炭,苦恼也。他有钱时,火焰也似起;如今无钱,弄塌了也。"〔正末云〕甚么塌了?〔扬州奴云〕炭塌了。〔正末云〕你看这厮!〔扬州奴云〕扬州奴卖菜,也有人说来:"有钱时,伴着柳隆卿;今日无钱,担着那胡子传。"〔正末云〕你这菜担儿,是人担,自担?〔扬州奴云〕叔叔,你怎么说这等话?有偌大本钱,敢托别人担?倘或他担别处去了,我那里寻他去?〔正末云〕你往前街去也,往那后巷去?〔扬州奴云〕我前街后巷都走。〔正末云〕你担着担,口里可叫么?〔扬州奴云〕若不叫呵,人家怎么知道有卖菜的?〔正末云〕可是你叫,是那个叫?〔扬州奴云〕我自叫。〔正末云〕下次小的们,都来听扬州奴哥哥怎么叫哩。〔扬州奴云〕叔叔,你要听呵,我前面走,叔叔后面听,我便叫。叔叔,你把下次小的每赶了去,这小厮每,都是我手里卖了的。〔正末云〕你若不叫,我就打死了你个无徒。〔扬州奴云〕他那里是着我叫,明白是羞我。我不叫,他又打我。不免将就的叫一声。青菜、白菜、赤根菜、胡萝卜、芫荽、葱儿呵。〔做打悲科,云〕天那!羞杀我也!〔正末云〕好可怜人也呵!〔唱〕

〔红绣鞋〕你往常时,在那鸳鸯帐底那般儿携云握雨,哎!儿也!你往常时,在那玳瑁筵前可便喋玉喷珠,你直吃得满身花影倩人扶。今日呵便担着字篮,拽着衣服,不害羞当街里叫将过去。

〔扬州奴云〕叔叔,您孩儿往常不听叔叔的教训,今日受穷,才知道这钱中使,我省的了也。〔正末云〕这话是谁说来?〔扬州奴云〕您孩儿说来。〔正末云〕哎哟!儿也!兀的不痛杀我也!〔唱〕

〔满庭芳〕你醒也波高阳哎酒徒①,担着这两篮儿白菜,你可觅了他这几贯的青蚨②?〔带云〕扬州奴,你今日觅了多少钱?〔扬州奴云〕是一贯本钱,卖了一日,又觅了

---

① 高阳酒徒,见第70页注②。
② 青蚨,《搜神记》:青蚨虫如蝉,杀其母子,各涂八十一钱。凡市物,或先用子,或先用母,皆飞归,循环无已。故淮南子名钱曰青蚨。

一贯。〔正末唱〕你就着这五百钱,买些杂面,你便还窑去。那油盐酱旋买也可是零沽?〔扬州奴云〕甚么肚肠!又敢吃油盐酱哩。〔正末唱〕哎!儿也!就着这卖不了残剩的菜蔬,〔扬州奴云〕吃了就伤本钱,着些凉水儿洒洒,还要卖哩。〔正末唱〕则你那五脏神也不到今日开屠[1]。〔云〕扬州奴,你只买些烧羊吃波?〔扬州奴云〕我不敢吃。〔正末云〕你买些鱼吃?〔扬州奴云〕叔叔,有多少本钱,又敢买鱼吃!〔正末云〕你买些肉吃?〔扬州奴云〕也都不敢买吃。〔正末云〕你都不敢买吃,你可吃些甚么?〔扬州奴云〕叔叔,我买将那仓小米儿来,又不敢舂,恐怕折耗了。只拣那卖不去的菜叶儿,将来煨熟了,又不要蘸盐搦酱,只吃一碗淡粥。〔正末云〕婆婆,我问:"扬州奴,买些鱼吃?"他道:"我不敢吃。"我道:"你买些肉吃?"他道:"我不敢吃。"我道:"你都不敢吃,你吃些甚么?"他道:"我吃淡粥。"我道:"你吃得淡粥么?"他道:"我吃得。"〔唱〕婆婆呵,这厮便早识的些前路,想着他那破瓦窑中受苦。〔带云〕正是:"不受苦中苦,难为人上人。"〔唱〕哎!儿也!这的是你须下死工夫。

---

[1] 五脏神开屠,俗语,谓腹中初得肉食。

〔扬州奴云〕叔叔,您孩儿正是执迷人难劝,今日临危可自省也。〔正末云〕这厮一世儿则说了这一句话。孩儿,你且回去。你若依着我呵,不到三五日,我着你做一个大大的财主。〔唱〕

〔尾煞〕这业海是无边无岸的愁,那穷坑是不存不济的苦。这业海打一千个家阿扑①逃不去,那穷坑你便旋十万个翻身急切里也跳不出。〔同卜儿下〕

〔扬州奴云〕大嫂,俺回去来。天那!兀的不穷杀我也!〔同旦下〕〔小末上,云〕自家李小哥。父亲着我去请赵小哥坐席,可早来到城南破窑,不免叫他一声。赵小哥!〔扬州奴同旦上,见科,云〕小大哥,你来怎么?〔小末云〕小哥,父亲的言语,着我来,明日请坐席哩。〔扬州奴云〕既然叔叔请吃酒,俺两口儿便来也。〔小末云〕小哥,是必早些儿来波。〔下〕〔扬州奴云〕大嫂,他那里请俺吃酒?明白羞我哩。却是叔叔请,不好不去。到得那里,不要闲了,你便与他扫田刮地,我便担水运浆。天那!兀的不穷杀我也!〔同下〕

第四折　用真文韵

〔正末同卜儿、小末尼上,云〕今日是老夫贱降的日辰,

---

① 阿扑,犹言合仆。

摆下酒席,请众街坊庆贺这所新宅子,就顺便庆贺小员外。昨日着小大哥请的扬州奴去了,不见来到,众街坊老的每敢待来也!〔扮众街坊上,云〕俺们都是这扬州牌楼巷人。昔日赵国器临死将他儿子扬州奴托孤与东堂老子,谁想扬州奴把家财尽都耗散,现今这所好宅子也卖与东堂老子了。今日正是东堂老子生日,请我众街坊相识吃酒,却又唤那扬州奴两口叫化弟子孩儿,不知为何?俺们一来去庆贺生辰,二来就庆贺他这所新宅子,须索走一遭去。可早来到也。小员外,报复进去,有俺众街坊特来庆贺生辰哩。〔小末做入报科,云〕父亲,有众街坊来与父亲庆贺生辰哩。〔正末云〕快有请。〔小末云〕请进去。〔众街坊做见科,云〕俺众街坊,一来与员外庆贺生辰,二来就庆贺这所新宅子。〔正末云〕多谢了!众街坊请坐。下次小的每,一壁厢安排酒肴,只等扬州奴两口儿到来,便上席也。〔扬州奴同旦儿上,云〕自家扬州奴的便是。这是李家叔叔门首,俺们自进去。〔同旦儿做见科〕〔扬州奴云〕叔叔,您孩儿和媳妇来了,不知有甚么说话?〔正末云〕你来了也。〔唱〕

〔双调新水令〕今日个画堂春暖宴佳宾,舞东风落红成阵。摆设的一般般肴馔美,酬酢的一个个绮罗新。〔扬州奴背科,云〕嗨!兀的不羞杀我也!〔正末云〕扬州奴!〔扬州奴做不应科〕〔正末唱〕我见他暗暗伤神,无语泪偷揾。

〔沉醉东风〕我着你做商贾身里出身,谁着你恋花柳人不成人。我只待倾心吐胆教,〔扬州奴背科,云〕嗨,对着这众人,则管花白我。早知道,不来也罢。〔正末唱〕你可为甚么切齿嚼牙恨?这是你自做的来有家难奔,〔扬州奴做探手科,云〕羞杀我也!〔正末唱〕为甚么只古里裸袖揎拳无事哏①?〔带云〕孩儿也!你那般慌怎么?〔唱〕我只着你受尽了的饥寒,敢可也还正的本。

〔云〕今日众亲眷在这里,老夫有一句话告知众亲眷每。咱本贯是东平府人氏,因做买卖,到这扬州东门里牌楼巷居住。有西邻赵国器,是这扬州奴父亲,与老夫三十载通家之好。当日赵国器染病,使这扬州奴来请老夫到他家中。我问他的病症从何而起,他道:"只为扬州奴这孩儿不肖,必败吾家,忧愁思虑,成的病症。今日请你来,特将扬州奴两口儿托付与你,照觑他这下半世。"我道:"李实才德俱薄,又非服制之亲,当不的这个重托。"那赵国器挨着病,将我来跪一跪,我只得应承了。扬州奴,当日你父亲着你正点背画的文书上面写着甚么?〔扬州奴云〕您孩儿不曾看见,敢是死活的文书么?〔正末云〕

---

① 无事哏,无端耍威风。——校订者注

孩儿也！不是死活的文书。你对着这众亲眷，将这一张文书，你则与我高高的读者。〔扬州奴云〕理会的。这文书是俺父亲亲笔写的，那正点背画的字也是俺画的。父亲阿！如今文书便有，那写文书的人在那里也阿！〔做悲科〕〔正末云〕你且不要哭，只读的这文者。〔扬州奴云〕是。〔做读文书科，云〕"今有扬州东门里牌楼巷住人赵国器。"——这是我父亲的名字。——"因为病重不起，有男扬州奴不肖，暗寄课银五百锭在老友李茂卿处，与男扬州奴困穷日使用。"——莫不是我眼花么？等我再读。〔再读文书科，云〕老叔，把来还我。〔正末云〕把甚么来？〔扬州奴云〕把甚么来？白纸上写着黑字儿哩。〔正末云〕你父亲写便这等写，其实没有甚么银子。〔扬州奴云〕叔叔，您孩儿也不敢望五百锭，只把一两锭拿出来，等我摸一摸，我依旧还了你。〔正末云〕扬州奴，你又来也！想你父亲死后，你将那田业屋产待卖与别人，我怎肯着别人买去？我暗暗的着人转买了，总则是你这五百锭大银子里面，几年月日节次不等，共使过多少。你那油房、磨房、解典库，你待卖与别人，我也着人暗暗的转买了，可也是那五百锭大银子里面，几年月日节次不等，使了多少。你那驴马孳畜和大小奴婢，也有走了的，也有死了的，当初你待卖与别人，我也暗暗的着人转买了，也是这五百锭大银子里面。我存下这一本帐目，是你那房廊屋舍、条凳椅桌、琴棋书画，应用物件，尽行在上。我如今一一交割。如有欠缺，老夫尽行赔还你。扬州奴听者：〔诗云〕你父亲暗寄雪花银，展转那移十数春。今日却将原物出，世间难得俺这志诚人。〔云〕扬州奴！〔唱〕

〔雁儿落〕岂不闻远亲呵不似我近邻？我怎敢做的个有口偏无信？今日便一桩桩待送还，你可也一件件都收尽。

〔扬州奴做拜跪科，云〕多谢了！叔叔、婶子，我怎么得知有这今日也！〔正末唱〕

〔水仙子〕你看宅前院后不沾尘，〔扬州奴云〕这前堂后阁，比在前越越修整的全别了也。〔正末唱〕画阁兰堂一铲①新。〔扬州奴云〕叔叔，这仓廒中不知是空虚的可是有米粮？〔正末唱〕仓廒中米麦成房囤。〔扬州奴云〕嗨！这解典库还依旧得开放么？〔正末唱〕解库中有金共银。〔扬州奴云〕叔叔，城外那几所庄儿可还有哩？〔正末唱〕庄儿头孳畜成群。铜斗儿家门②一所，锦片也似庄田百顷。〔带云〕扬州奴、翠哥，〔唱〕你从今后再休得

---

① 一铲，完全。常写作"一划"。——校订者注
② 铜斗儿家门，元时俗语，曲中常见之，盖谓美富且牢固。

典卖与他人！

〔云〕小大哥，抬过桌来，着扬州奴两口儿把盏，管待众街坊亲眷每。〔扬州奴云〕多谢叔叔、婶子重恩！若不是叔叔、婶婶赎了呵，恁孩儿只在瓦窑里住一世哩！大嫂，将酒过来，待我先奉了叔叔、婶子。请满饮这一杯！〔众街坊云〕赵小哥，你两口儿莫说把这盏酒，便杀身也报不的这等大恩哩！〔正末云〕孩儿，我吃！我吃！〔扬州奴又奉酒科，云〕请众亲眷每，大家满饮一杯！〔众云〕难得！难得！我们都吃！〔扬州奴云〕我再奉叔叔、婶子一杯。您孩儿今生无处报答大恩，来生来世当做狗做马，赔还叔叔、婶子哩！〔正末唱〕

〔乔牌儿〕我见他意殷勤捧玉樽，只待要来世里报咱恩。这的是你爹爹暗寄下家缘分，与我李家财元不损。

〔柳隆卿、胡子传上，云〕闻得赵小哥依然的富贵了也，俺寻他去来。〔做见科〕〔柳隆卿云〕赵小哥，你就不认得俺了？俺和你吃酒去来！〔扬州奴云〕哥也，我如今回了心，再不敢惹你了，你别去寻个人罢！〔柳隆卿云〕你说甚么话！你也回心，俺们也回心，如今帮你做人家哩。〔正末云〕哎！下次小的每，与我撼这两个光棍出去！〔柳隆卿云〕赵小哥，你也劝一劝波！〔扬州奴云〕你快出去！别处利市。〔正末唱〕

〔川拨棹〕众亲邻,正欢娱语笑频。我则见两个乔人,引定个红裙,蓦入堂门,唬得俺那三魂掉了二魂。哎!儿也!便做道你不慌呵我最紧。

〔殿前欢〕俺孩儿甫能勾得成人,你又待教他一年春尽一年春①。他去那丽春园纳了那颗争锋②印,你休闹波完体将军③!你便说天花信口欻,他如今有时运,怎肯不惺惺再打入迷魂阵?我劝你两个风流子弟,可也别寻一个合死的郎君。

〔云〕扬州奴,你听者:〔断云〕铜斗儿家缘家计,恋花柳尽行消费。我劝你全然不采,则信他两个至契。我受付托转买到家,待回头交还本利。这的是西邻友生不肖儿男,结末了东堂老劝破家子弟。

题目　西邻友立托孤文书
正名　东堂老劝破家子弟

---

① 一年春尽一年春,乞丐所唱莲花落之起句。《绣襦记》传奇中有其全文。
② 争锋,俗语谓两男竞欲得一女曰争锋。亦曰争风。
③ 完体将军,俗语,盖谓将军而仅图保自身者。

图书在版编目（CIP）数据

元曲/童斐选注；王敏校订. —北京：商务印书馆，2022
（学生国学丛书新编/王宁主编）
ISBN 978-7-100-20831-4

Ⅰ. ①元… Ⅱ. ①童… ②王… Ⅲ. ①元曲—注释 Ⅳ. ① I222.9

中国版本图书馆 CIP 数据核字（2022）第 043254 号

权利保留，侵权必究。

学生国学丛书新编
元曲
童 斐 选注
王 敏 校订

商 务 印 书 馆 出 版
（北京王府井大街36号 邮政编码100710）
商 务 印 书 馆 发 行
北京中科印刷有限公司印刷
ISBN 978-7-100-20831-4

| 2022年7月第1版 | 开本 787×1092 1/32 |
| 2022年7月北京第1次印刷 | 印张 6½ |

定价：40.00元